녀
름 입
니
다,

녀
름

녀름
입니다,
녀름

임현영 엮음

루이앤휴잇

80여 년 전 여름으로의 초대

80여 년 전, 1935년 여름. 한 시인은 거듭된 실패와 세상의 몰이해에 좌절한다. 그리고 어느 날 자취를 감춘다. 자신을 몰라주는 세상과 사람들로부터의 도피였다. 몸도 마음도 이미 지친 터였다. 기차를 타고 북쪽으로 향하던 그는 성천이라는 낯선 곳에 주목한다. 그리고 그곳에서 한 달동안 머물며 지친 심신을 위로하고 새로운 각오를 다진다.

시인 이상. 1935년 여름, 그는 설계부터 인테리어까지 직접 선보이며의욕적으로 시작한 다방 〈제비〉의 참담한 실패를 맛본다. 급기야 연인금홍도 그의 곁을 떠났고, 그때까지 경험하지 못했던 그의 낯선 작품에관한 사람들의 시선은 냉대함 그 자체였다. 결국, 실의에 빠진 그는 한동안 자취를 감춘다.

오랜 방황 끝에 그가 도착한 곳은 성천이라는 낯선 고장이었다. 도시에서 태어나 성장한 모더니스트였던 그의 눈에 비친 시골 풍경은 생경

함 그 자체였다. 실의에서 벗어난 그는 곧 자신의 산문 중 가장 아름다운 작품으로 꼽히는 두 작품을 이곳을 무대로 쓴다. 〈산촌여정〉과 〈권태〉가 바로 그것이다. 그러나 같은 공간, 같은 시간의 경험임에도 두 작품이 보여주는 분위기는 사뭇 다르다. 〈산촌여정〉이 시종일관 경쾌한 어조로 여름날 자연의 풍광을 아름답게 묘사하고 있는 반면, 〈권태〉는 무미건조한 일상이 불러오는 허무와 우울, 권태 그 자체로 성천의 풍경과 여름을 묘사하고 있기 때문이다. 이에 대해 어떤 이는 〈산촌여정〉이 세상을 내다보며 쓴 글이라면, 〈권태〉는 작가 이상이 자신의 내면을 들여다보며 쓴 글이기 때문에 그 분위기가 확연히 다를 수밖에 없다고 말한 바 있다. 하지만 그 이유야 어찌 되었건 이상이라는 걸출한 작가로 인해 우리는 80여 전 여름 풍경과 그것을 대하는 대작가의 서정을 지금도 느낄 수 있다.

이 책은 80년 전, 우리 문학을 화려하게 수놓은 작가들의 여름 이야기를 담고 있다. 총 3장으로 구성된 책 속에는 이상, 백석, 이태준, 방정환, 이효석, 현진건 등 우리 문학을 대표하는 열여섯 명의 내로라하는 작가들의 여름 이야기와 잊을 수 없는 추억, 여름 별미에 얽힌 이야기가 달콤하고 진한 참외 향기처럼 오롯이 펼쳐지고 있다.

첫여름을 맞는 기쁨과 즐거움부터 더위를 피해 잠시 연인과 바다를 찾았던 이야기, 피곤하고 입맛 없는 여름에 자신을 사로잡은 여름 별미에 얽힌 이야기까지, 마치 한 편의 잔잔한 흑백영화를 보는 듯 우리를 80년 전 여름으로 초대한다.

작가 특유의 재치와 발랄함을 통해 여름날의 추억을 되돌아보는 이야기가 있는가 하면, 다시는 돌아갈 수 없는 시절에 관한 진한 향수와 그리움을 담은 이야기 및 간략하고 압축된 언어를 통해 마치 한 편의 시처럼 여름을 맞는 기쁨과 설렘을 표현한 글도 여러 편 있다. 이에 책을 읽다 보면 그 감동에 눈시울이 붉어지기도 하고, 이야기를 풀어가는 재치와 솜씨에 감탄을 연발하기도 할 것이다. 하지만 어느 것 하나 진한 여운이 느껴지지 않는 것이 없어, 그들이 들려주는 이야기에 귀를 기울이다 보면 적지 않은 감동에 빠지게 된다.

주목할 만한 것은 작가들의 입맛을 사로잡은 여름 별미에 관한 이야기다. 그중 소파 방정환은 서울 시내 유명 빙숫집 상호 및 위치, 맛의 비밀까지 숨김없이 공개하고 있어 눈길을 끈다.

> 경성(京城) 안에서 조선 사람의 빙숫집치고 제일 잘 갈아주는 집은 내가 아는 범위에서는 종로 광충교 옆에 있는 환대상점이라는 조그만 빙수 점이다. … (중략) … 삼청동 올라가는 소격동 길에 있는 야트막한 초가집은 딸깃물도 아끼지 않지만, 건포도 네다섯 개를 얹어주는 것도 싫지만은 않다.
>
> —방정환, 〈빙수〉

평양냉면을 두고 벌이는 김남천과 이효석의 이야기는 또 어떤가. 이가 나기도 전부터 냉면을 먹었다는 평안도 출신 김남천과 멀건 육수의 평양냉면의 진미를 도저히 알 수 없어 냉면 먹기를 끊어버렸다는 강원도 출신의 이효석. 두 사람의 이야기 다툼은 글을 읽는 이들의 입가를 흐뭇하게 하다못해 입맛을 다시게 하기에 충분하다.

불현듯 냉면 생각이 나서 관철동이나 모교 다리 옆을 찾아갈 때가 드물지 않다. 모든 자유를 잃고, 음식 선택의 자유까지 잃었을 경우, 항상 애끓는 향수같이 엄습하여 마음을 괴롭히는 식욕의 대상은 우선 냉면이다.

—김남천, 〈냉면〉 중에서

평양에 온 후로는 까딱 냉면을 끊어버린 까닭에 평양냉면의 진미를 아직 모르고 있습니다. 육수 그릇을 대하면 그 멀겋고 멋없는 꼴에 처음에는 구역질이 납니다.

—이효석, 〈유경 식보〉 중에서

또한, 같은 시기, 같은 장소에서 쓰인 〈산촌여정〉과 〈권태〉를 비교해서 읽는 재미 못지않게 '수박'이란 과일을 두고 최서해와 계용묵이 쓴 〈수박〉 역시 읽는 재미가 쏠쏠하다.

이제는 글로밖에는 만날 수 없는 80여 년 전, 작가들의 여름 이야기. 정겹고 낭만이 살아 있던 그 시절로 한 번쯤 돌아가 보고 싶은 것은 나만의 바람일까. 한여름 땡볕처럼 뜨겁고, 강렬한 여름 이야기가 아닌 빙수처럼 시원하고, 부드럽고, 맛있는 여름 이야기가 지금부터 시작된다.

Part 2 여름의 ──────── 맛

Part 3 여름의 ─────── 추억

아아, 상쾌하다! 이렇게 상쾌한 아침이 다른 계절에도 있을까?

물에 젖은 은빛 햇볕에 향긋한 풀냄새가 떠오르는 첫여름의 아침!

아아, 행복한 아침!

Part 1

여름 이야기

첫여름

방정환

아아, 상쾌하다!

이렇게 상쾌한 아침이 다른 계절에도 있을까?

물에 젖은 은빛 햇볕에 향긋한 풀냄새가 떠오르는 첫여름의 아침!

어쩌면 이렇게도 상쾌할까.

보라! 밤사이에 한층 더 자란 새파란 잎이 해맑은 아침 기운을 토하고 있지 않으냐? 바람에 코를 간질이는 것이 새파랗고 향긋한 풀냄새가 아니냐? 그리고 그 파란 잎과 그 파란 풀에 거룩하게 비치는 물기 있는 햇볕에서 아름다운 새벽 음악이 들려오지 않느냐?

아아, 행복한 아침!

그 신록의 냄새를 맡고, 그 햇볕의 아름다운 음악을 들을 때마다 새로운 기운과 기쁨이 머릿속, 가슴 속, 핏속까지 가득 생기는 것을 느낀다.

__ 1927년 《어린이》 5 · 6월호 5권 5호

가장 시원한 이야기

정지용

그날 밤 더위란 난생처음 당하는 것이었다. 새로 한 시가 지나면 웬만할까 한 것이 웬걸 두 시 세 시가 되어도 한결같이 찌는 것이었다. 설령 바람 한 점이 있기로서니 무엇에 쓸까만 끝끝내 바람 한 점 없었다.

신을 끌고 나가서 뜰 앞에 선 나무 밑으로 갔다. 잎알(이파리) 하나 옴칫(움직이는 모양) 아니하는 것이었다. 옴칫거리나 아니 하나 볼까 하고 갸웃거려 보았다. 죽은 고기 새끼 떼처럼 차라리 떠 있는 것이었다. 나무도 더워서 죽은 것이었던가?

숨도 막혔거니와 기가 막혀서 가지를 흔들어 보았다. 흔들리기는 흔들리는 것이었다. 마음이 적이(꽤 어지간한 정도로) 놓이는 것이었다. 참고 살기로 했다. 아무리 덥다 해도 제철이 오고 보면 이 나무에 새로운 바람이 깃들 것이겠기에!

＿＿발표 연도 미상

동해

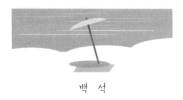

백 석

동해여, 오늘 밤은 이렇게 무더워 나는 맥고모자(밀짚모자)를 쓰고 삐루(맥주)를 마시고 거리를 거닐네. 맥고모자를 쓰고 삐루를 마시고 거리를 거닐면 어데서 닉닉한('느끼하다'란 뜻의 평안북도 방언) 비릿한 짠물 내음새(냄새) 풍겨 오는데, 동해여 아마 이것은 그대의 바윗등에 모래장변(널따란 모래벌판)의 날미역이 한 불 널린 탓인가 본데, 미역 널린 곳엔 방게(바위겟과의 게)가 어성기는가, 도요(도요새)가 씨양씨양 우는가, 안마을 처녀가 누구를 기다리고 섰는가, 또 나와 같이 이 밤이 무더워서 소주에 취한 사람이 기웃들이(비스듬히) 누웠는가. 분명히 이것은 날미역의 내음새인데 오늘 낮 물기가 쳐서 물가에 미역이 많이 떠들어 온 것이겠지.

이렇게 맥고모자를 쓰고 삐루를 마시고 날미역 내음새 맡으면 동해여, 나는 그대의 조개가 되고 싶읍네. 어려서는 꽃조개가, 자라서는 명주조개가, 늙어서는 강에지조개(강아지조개. 바닷물조개의 종류)가, 기운이 나면 혀를 빼어 물고 물속 십 리를 단숨에 날고 싶읍네. 달이 밝은 밤엔 해정한(고요한) 모래장변에서 달바라기(달맞이)를 하고 싶읍네. 궂은 비 부슬거리는 저녁엔 물 위를 떠서 애원성(당시 유행했던 조선 후기 잡가)이나 부르고, 그리고 햇살이 간지럽게 따뜻한 아침엔 이남박(함지박의 종류) 같은 물 바닥을 오르락내리락하고 놀고 싶읍네. 그리고, 그리고 내가 정말 조개가 되고 싶은 것은 잔잔한 물밑 보드라운 세모래(가는 모래) 속에 누워서 나를 쑤시러 오는 어여쁜 처녀들의 발뒤꿈치나 쓰다듬고 손길이나 붙잡고 놀고 싶은 탓입네.

동해여! 이렇게 맥고모자를 쓰고 삐루를 마시고 조개가 되고 싶어 하는 심사를 알 친구가 하나 있는데, 이는 밤이면 그대의 작은 섬—사람 없는 섬이나 또 어느 외진 바위 판에 떼로 몰려 올라서는 눕고 앉았고, 모두들 세상 이야기를 하고 지껄이고 잠이 들고 하는 물개들입네. 물에 살아도 숨은 물밖에 대고 쉬는 양반이고, 죽을 때엔 물 밑에 가라앉아 바윗돌을 붙들고 절개 있게 죽는 선비이고, 또 때로는 갈매기를 따르며 노는 활량(한량)인데 나는 이 친구가 좋아서 칠월이 오기 바쁘게 그대한테로 가야하겠습네.

이렇게 맥고모자를 쓰고 삐루를 마시고 친구를 생각하기는 그대의 언제나 자랑하는 털게에 청포채(녹두묵을 채 썰어서 양념에 버무린 음식)를 무친 맛

나는 안주 탓인데, 정말이지 그대도 잘 아는 함경도 함흥 만세교 다리 밑에 임이 오는 털게 맛에 해가우손이 (해 가리개. 차양)를 치고 사는 사람입네. 하기야 또 내가 친하기로야 가재미가 빠질겝네(빠지지 않네). 회국수에 들어 일미이고 식혜에 들어 절미지. 하기야 또 버들개(버들치) 봉구이(붕어구이)가 좀 좋은가. 횟대 생선 된장지짐이는 어떻고. 명태골국, 해삼탕, 도미회, 은어젓이 다 그대 자랑감이지 그리고 한 가지 그대나 나밖에 모를 것이지만 공미리(학꽁치)는 아랫주둥이가 길고 꽁치는 윗주둥이가 길지. 이것은 크게 할 말 아니지만 산뜻한 청삿자리(푸른 왕골로 짠 삿자리) 위에서 전복회를 놓고 함소주(상자째 갖다 두고 마시는 소주) 잔을 거듭하는 맛은 신선 아니면 모를 일이지.

이렇게 맥고모자를 쓰고 삐루를 마시고 전복에 해삼을 생각하면 또 생각나는 것이 있습네. 칠팔 월이면 으레히 오는 노랑 바탕에 까만 등을 단 제주 배 말입네. 제주 배만 오면 그대네 물가엔 말이 많아지지. 제주 배 아즈맹이(아주머니) 몸집이 절구통 같다는 둥, 제주 배 아뱅(아버지)인 조밥에 소금만 먹는다는 둥, 제주 배 아즈맹이 언제 어느 모롱고지(모롱이. 산모롱이의 휘어 눌린 곳) 이슥한 바위 뒤에서 혼자 해삼을 따다가 무슨 일이 있었다는 둥… 참 말이 많지. 제주 배 들면 그대네 마을이 반갑고 제주 배 나면 서운하지. 아이들은 제주 배를 물가를 돌아 따르고 나귀는 산등성에서 눈을 들어 따르지. 이번 칠월 그대한테로 가선 제주 배에 올라 제주 색시하고 살렵네.

내가 이렇게 맥고모자를 쓰고 삐루를 마시고 제주 색시를 생각해도 미역 내음새에 내 마음이 가는 곳이 있습네. 조개껍질(조개껍데기)이 나이금(나이테 또는 연륜)을 먹는 물살에 낱낱이 키가 자라는 처녀 하나가 나를 무척 생각하는 일과, 그대 가까이 송진 내음새 나는 집에 아내를 잃고 슬피 사는 사람 하나가 있는 것과 그리고 그 영어를 잘하는 총명한 4년생 금이가 그대네 홍원군(함경남도 동해안 중부에 있는 군) 홍원면 동상리에서 난 것도 생각하는 것입네.

__ **1938년 6월 7일 《동아일보》**

6월의 아침

채만식

모처럼 아침 산책을 하느라 지팡이를 끌고 나섰다. 밤을 꼬박 새운 전등이 그대로 선하품을 자아낸다.

5시 30분. 나만 부지런한 줄 알았더니, 해가 벌써 한 뼘이나 높이 솟았다. 장으로 묵이라도 팔러 가는지 머리에 광주리를 인 여인의 걸음이 몹시 바쁘다.

서늘할 만큼 아침 기운이 시원하고 맑다. 송도는 분지(盆地, 해발 고도가 더 높은 지형으로 둘러싸인 평지)여서 공기가 그다지 좋지 않지만, 아침만큼은 별개다.

밭 가운데로 길이 난 고구마 밭의 고구마 덩굴이 이제 제법 탐스럽게 엉켰다. 잎사귀에 이슬이 함빡 젖어 비 맞은 뒤처럼 윤기가 흐른다. 건너편 언덕 비탈에 이파리와 가지가 한참 피어오르는 사과밭이 보인다. 서향이라서 짙은 음영이 가득 드리웠다. 용수산 기슭으로 아침 안개가 엷게 덮여 있는 것이, 점점 더워지던 날씨가 오늘은 더 더울 것 같다.

'가죽바위'의 우물은 날이 가물어도 언제나 곤곤히 넘쳐흐른다. 우물 깊이라야 반 길이 될까 말까 하지만 바닥에 적지 않은 바위가 깔려있다. 기실, 우물이라기보다는 산 밑에 있는 샘물이라고 할 수 있다. 그래도 이 우물 하나로 온 동네 사람들이 다 먹고산다. 맑게 넘쳐흐르는 것이 보는 기분에 따라 다르겠지만 늦은 오후나 밤보다는 아침에 보면 더욱 신선해서 좋다.

우물 앞에 놓여 있는 바가지로 물을 휘―저은 후 한 바가지 가득 퍼서 먹어본다. 달다―

과수원 둘레를 싸고 있는 앵두나무에도 새빨간 앵두가 잘 익었다. 곧 손이 가려고 한다. 어느 틈에 앵두가 이렇게 익었을까. 그러고 보니 서울 같으면 성북동으로 앵두를 먹으러 갈 때다. 불현듯 서울 생각이 난다.

밤나무 동산의 밤나무는 아직 입도 여릴 뿐만 아니라 꽃 역시 피지 않았다. 새달이면 꽃이 피어 그윽한 향기를 풍길 것이다. 밤꽃 향기에 홀려 매일 이곳을 찾았던 게 작년 7월이다. 올해도 아마 그때까지는 여기에 머물러 있으리라. 그때쯤이면 저기 아직 덩굴만 조금 뻗은 딸기도 새빨갛게 익을 것이다.

밤나무 동산을 지나면 솔밭의 송진 냄새가 정신을 번쩍 들게 한다. 그러면 솔새가 이때 다 싶어 솔방울을 쪼면서 야물 맞게 지저귄다.

산 밑 등성이 넘어 밭에는 장다리(무, 배추 따위의 줄기에 피는 꽃)가 여기저기 피어있다. 노란 배추장다리, 연보랏빛 무장다리… 잎은 연두색이다. 그 옆에서 하얀 나비와 노랑나비가 꽃과 분간할 수 없이 요란스럽게 날고 있다. 고개를 들면 한없이 퍼져나간 꽃밭이 영롱한 채색 안개 같다.

이맘때면 송도는 장다리꽃이 만발한다. 그때마다 어린 시절 뛰어놀던 고향 생각이 난다.

"장다리 밭에 병아리가 울고…"

삼사월 즈음, 파릇파릇한 장다리 연둣빛 잎이 필 때면 정월 만배로 깨어난 병아리가 거의 자라서 제법 우는 흉내를 낸다. 이때가 봄 치고는 가장 좋은 때다. 그러면 사람들은 도시락을 싸 들고 진달래가 가득 피는 남산으로 화전놀이를 간다.

"푸릇푸릇 봄배추 나오기만 기다려…"

어린아이들은 이런 노래를 부르면서 뻐꾸기가 울고 있는 앞산으로 등걸나무를 하러 간다. 내려올 때 보면 머리에 철쭉꽃이 꽂혀 있다.

고향이라야 그리 향수가 깃든 것도 아니지만 절기마다 근사한 풍경을 대하면 문득문득 어린 시절이 생각나곤 한다.

출발할 때 정한 코스대로 한 바퀴 돌아 사과밭 옆을 지나면서 보니, 사과가 벌써 굵은 대추알보다 더 크다.

새까만 강아지 한 마리가 갑자기 심술이 났는지 짖기 시작한다. 지난 겨울 아이들한테 바구니를 들려서 사과를 사러 갈라치면 몹시 텃세를 부리던 고얀 놈이다. 아마 그때의 화풀이를 하나보다.

사과밭 주인인 애꾸눈 영감이 강아지를 나무란다. 이웃이라고 낸 돈보다 더 많은 사과를 주는 정 많은 영감이다. 애꾸눈만은 안 부러워도, 이렇게 과수원을 차려놓고 그 한가운데 있는 집에서 한가롭게 살아가는 모습만은 언제 봐도 부럽다. 하지만 가까운 지인의 얘기에 의하면, 과수원이란 마치 갓난아이와 같아서 성미 급한 사람은 절대 할 게 못 된다고 한다.

그래도 나는 한번 해보고 싶다. 부지런히 몸을 움직여서 건강도 얻으려니와 생활 역시 거기에 의탁할 수 있기 때문이다. 거기에 내키는 흥으로 펜을 들어, 팔기 위한 원고가 아닌 일 년에 단 한 편이라도 좋으니 자신 있는 작품을 쓰고 싶다. 물론 지금의 내게는 말도 안 되는 공상에 불과하지만.

그러고 보니 벌써 해가 반 길이나 더 솟았다. 넓은 마당에 곱게 깔린 클로버의 이슬방울이 오색으로 영롱하게 빛난다. 녹음 짙은 포플러가 미풍을 받아 가볍게 흔들린다. 까치 한 마리가 앉아 있다가 무엇에 놀랐는지 깍깍 울면서 날아간다. 반가운 소식이라도 있으려나 보다.

__1938년 6월 《여성》 3권 6호

산촌여정

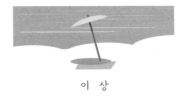

이 상

1

향기로운 MJB(미국산 '커피' 상표)의 미각을 잊어버린 지도 이십여 일이나
됩니다. 이곳은 신문도 잘아니 오고, 체전부(우체부)는 이따금 하도롱(hard-
rolled paper, 다갈색 종이로 봉투나 포장지를 만듦) 빛 소식을 가져옵니다. 거기에는
누에고치와 옥수수의 사연이 적혀 있습니다. 마을 사람들은 멀리 떨어
져 사는 친척 때문에 걱정이 이만저만 한 것이 아닌가 봅니다. 나도 도시
에 남기고 온 일이 걱정됩니다.

건너편 팔봉산에는 노루와 멧돼지가 산다고 합니다. 기우제를 지내던
개골창(수캣물이 흐르는 작은 도랑)까지 내려와서 가재를 잡아먹는 '곰'을 본
사람도 있답니다. 동물원에서밖에 볼 수 없는 동물들을 직접 봤다니, 놀
라울 따름입니다. 산에 있는 동물을 사로잡아다가 동물원에 가둔 것이

결코 아닙니다. 그래서인지 동물원에 있는 동물을 산에다 풀어놓은 것만 같은 생각이 자꾸 듭니다.

달도 없는 그믐칠야(漆夜, 옻칠한 듯 어두운 밤)면 팔봉산도 사람이 침소에 들 듯 어둠 속으로 완전히 사라지고 맙니다. 하지만 공기는 수정처럼 맑고, 별빛만으로도 충분히 좋아하는《누가복음》을 읽을 수 있습니다. 참별 역시 도시보다 갑절이나 더 많이 뜹니다. 너무 조용해서 별이 움직이는 소리가 들릴 것만 같습니다.

객줏집 방에는 석유 등잔을 켜놓습니다. 도시의 석간(夕刊)과 같은 그윽한 냄새가 소년 시절의 꿈을 부릅니다.

정형! 그런 석유 등잔 밑에서 밤이 깊도록 '호까'—연초갑지(煙草匣紙, 담배를 싸는 종이)를 붙이던 생각이 납니다. 벼쩽이(베짱이)가 한 마리가 등잔에 올라앉았더니, 연둣빛 색채로 혼곤한(정신이 흐릿하고 고달픈) 내 꿈에 영어 'T' 자를 쓰고, 유(類, 부류) 다른 기억에다는 군데군데 '언더라인'을 그어 놓습니다. 이에 나는 슬퍼하는 것처럼 고개를 숙이고 도시의 여차장이 차표 찍는 소리와도 같은 그 음악을 가만히 듣습니다. 그러면 그것이 또 이발소 가위 소리와도 같아, 눈을 감고 가만히 그 소리를 들어봅니다. 그리고 비망록을 꺼내어 머룻빛 잉크로 산촌의 시정(詩情, 시적인 정취)을 기록하기 시작합니다.

그저께 신문을 찢어버린
때 묻은 흰나비

봉선화는 아름다운 애인의 귀처럼 생기고

귀에 보이는 지난날의 기사

얼마 후면 목이 마릅니다. 자리물(밤에 자다가 마시기 위하여 잠자리의 머리맡에 준비하여 두는 물) — 심해처럼 가라앉은 냉수를 마십니다. 석영질 광석 냄새가 나면서 폐부(肺腑, 허파)에 한란계(寒暖計, 온도계) 같은 길을 느낍니다. 백지 위에 싸늘한 곡선을 그리라면 그릴 수도 있을 것 같습니다.

푸른 돌을 얹은 지붕에 별빛이 내리면 한겨울에 장독 터지는 것 같은 소리가 납니다. 벌레 소리 역시 요란합니다. 가을이 엷어 한 장 적을 만큼 천천히 오기 때문입니다. 이런 때 무슨 재주로 광음(光陰, 시간의 흐름)을 헤아리겠습니까?

맥박소리가 방안을 시계로 만들어버리고, 그 장침과 단침(시계의 두 바늘)의 나사못이 돌아가느라 양쪽 눈이 번갈아 간질간질합니다. 코로 기계 기름 냄새가 드나듭니다. 석유 등잔 밑에서 졸음이 오는 기분입니다.

'파라마운트(미국의 영화 제작회사)' 상표처럼 생긴 도시 소녀가 나오는 꿈을 조금 꿉니다. 그러다가 도시에 남겨두고 온 가난한 식구들을 꿈에서 봅니다. 그들은 마치 사진 속의 포로처럼 나란히 늘어서 있습니다. 그리고 내게 걱정을 안깁니다. 그러면 그만 잠이 확 깨어버립니다.

차라리 죽어버릴까란 생각을 해봅니다. 벽의 못에 걸린 다 해어진 내 저고리를 쳐다봅니다. 그러고 보니, 그것은 서도천리(西道千里, 황해도와 평안도)를 나를 따라서 여기에 와 있습니다, 그려!

2

등잔 심지를 돋우고 불을 켠 후 비망록에 철필로 군청 빛 '모'를 심어갑니다. 불행한 인구가 그 위에 하나하나 탄생합니다. 조밀한 인구가─

'내일은 온종일 화초만 보고 탈지면(脫脂綿, 불순물이나 지방 따위를 제거하고 소독한 솜)에다 '알코올'을 묻혀서 온갖 근심을 문지르리라'는 생각을 해봅니다. 너무나 꿈자리가 뒤숭숭해서 그렇습니다. 화초가 피어 만발하는 꿈, '그라비어(Gravur, 사진 제판에 사용되는 인쇄법)' 원색판 꿈, 그림책을 보듯이 즐겁게 꿈을 꾸고 싶습니다. 간단한 설명을 위해 상쾌한 시를 지어서 칠(七) '포인트' 활자로 배치하는 것도 좋을 것 같습니다.

도시에 화려한 고향이 있습니다. 활엽수만으로 된 산이 고향의 시각을 가려 버린 이 산촌에 팔봉산 허리를 넘는 철골전신주가 소식의 제목만을 부호로 전하는 것 같습니다.

아침에 볕에 시달려서 마당이 부스럭거리면 그 소리에 잠을 깹니다. 하루라는 '짐'이 마당에 가득한 가운데 새빨간 잠자리가 병균처럼 움직입니다.

잔 석유 등잔에 불이 아직 켜져 있습니다. 그 안에 사라진 밤의 흔적이 낡은 조끼 '단추'처럼 고스란히 남아 있습니다. 이는 어젯밤을 다시 방문할 수 있는 '요비링(초인종)'입니다.

지난밤의 체온을 방 안에 내던진 채 마당으로 나갑니다. 마당 한 모퉁이에는 화단이 있습니다. 불타오르는 듯한 맨드라미꽃 그리고 봉선화.

지하에서 빨아올리는 이 화초들의 정열에 호흡이 부쩍 더워집니다. 여기 처녀들 손톱 끝에 물들일 봉선화 중에는 흰 것도 섞여 있습니다. 흰 봉선화도 붉게 물들까? — 조금도 이상스러울 것 없이 흰 봉선화는 꼭두서니 빛으로 곱게 물들 것입니다.

수수깡 울타리에 '오렌지' 빛 여주가 열려, 강낭콩 넝쿨과 어우러져 '세피아' 빛을 배경으로 한 폭의 병풍을 연출합니다. 그 끝에는 노란 호박꽃이 피어 있는데, 소박하면서도 대담한 그 위로 '스파르타' 식 꿀벌이 한 마리 앉아 있습니다. 그것은 녹황색에 반영되어 '세실. B. 데밀(미국의 유명한 영화감독으로 〈십계〉, 〈삼손과 델릴라〉 등을 만듦)'의 영화처럼 화려하기만 합니다. 귀를 기울이면 '르네상스' 응접실에서 들리는 선풍기 소리가 납니다.

야채 '사라다(샐러드)'에 들어가는 '아스파라거스' 잎사귀 같은 화초가 있어, 객줏집 아이에게 물어봅니다.

"기상 꽃 — 기생화(妓生花)는 어떤 꽃이 피나?"

— 진홍 비단 꽃이 핀답니다.

조상들이 지정하지 아니한 '조 세트(우아한 여름 옷감)' 치마에 '웨스트민스터(영국 담배 이름)'를 감아놓은 것 같은 도시 기생의 아름다움을 떠올려봅니다. 박하보다도 훈훈한 '리그래 츄잉껌(미국 껌 이름)' 냄새, 두꺼운 장부를 넘기는 듯한 그 입맛 다시는 소리 — 그러나 여기에 필 기생 꽃은 분명히 혜원(조선 시대 화가 신윤복의 호)의 그림에서 본 것 같은 — 혹은 우리가 어린 시절 봤던 인력거에서 홍일산(붉은색 양산)을 바쳐 쓰던 지난날 삽화 속의 기생일 것입니다.

청둥호박(겉이 단단하고 씨가 잘 여문 호박)이 열렸습니다. 호박꽃 자리에 무시루떡 ― 그 훅훅 끼치는 구수한 냄새를 좇아서 증조할아버지의 시골뜨기 망령은 정월 초하룻날 또는 한식날 우리를 찾아오는 것입니다. 그러나 저 국가 백 년의 기반을 생각하게 하는 넓적하고도 묵직한 안정감과 침착한 색채는 '럭비' 공을 안고 뛰는 이 '제너레이션(Generation, 세대)'의 젊은 용사의 굵직한 팔뚝을 기다리는 것 같습니다.

유자가 익으면 껍질이 벌어지면서 속이 삐져나온다고 합니다. 하나를 따서 실 끝에 매어 방에다 걸어둡니다. 물방울 져서 떨어지는 풍염(豐艶, 얼굴 생김새가 살지고 아름다움)한 미각 밑에서 연필처럼 수척해져 가는 이 몸에도 조금씩 살이 오르는 것 같습니다. 그러나 이 채소도, 과일도 아닌 '유머러스'한 용적에는 아무런 향기도 없습니다. 세숫비누에 한 겹씩 한 겹씩 해소되는 도시의 육향(肉香, 주로 여자에게서 나는 살 냄새)만이 방 안을 배회할 뿐입니다.

3

팔봉산 올라가는 초경(草徑, 수풀로 덮인 지름길) 입구 모퉁이에 최〇〇 송덕비(頌德碑, 공덕을 기리기 위해 세운 비)와 또 〇〇〇〇 아무개의 영세불망비(永世不忘碑, 영원히 잊지 말라는 뜻에서 세우는 비)가 항공우편 '포스트'처럼 서 있습니다. 듣자하니, 그들은 아직 다들 생존해 있다고 합니다. 우습지 않습니까?

교회가 보고 싶었습니다. 그래서 '예루살렘' 성역으로부터 수만 리 떨어져 있는 이 마을의 농민들까지도 모두 사랑하는 신 앞으로 회개하게 하고 싶었습니다. 발길이 찬송가 소리 나는 곳으로 갑니다.

누군가 포플러나무 아래 '염소' 한 마리를 매어 놓았습니다. 구식으로 수염이 났습니다. 나는 그 앞에 가서 그 총명한 동공을 들여다봅니다. '세룰로이드'로 만든 정교한 구슬을 '오브라ー드(oblato, 전분으로 만든 얇은 원형의 부편. 투명한 전분지)'로 싼 것 같이 맑고, 투명하고, 깨끗하고, 아름답습니다. 도색(桃色, 복숭아색) 눈자위가 움직이면서 내 삼정(三停, 머리와 이마의 경계 및 코끝과 턱 끝)과 오악(伍岳, 이마 · 코 · 턱 · 좌우 관골)이 고르지 못한 빈상(貧相, 가난한 관상)을 업신여기는 중입니다.

옥수수밭은 일대 관병식(觀兵式, 군대의 행진을 지켜보는 예식)입니다. 바람이 불면 갑주(甲冑, 갑옷과 투구) 부딪치는 소리가 우수수 납니다. '카ー마인(carmine, 연지벌레에서 뽑아낸 홍색 물감)' 빛 꼬고마(군인이 병거지에 꽂던 붉은 털)가 뒤로 휘면서 너울거립니다.

팔봉산에서 총소리가 들렸습니다. 장엄한 예포소리가 분명합니다. 그러나 그것은 내 곁에서 소조(小鳥, 작은 새)의 간을 떨어뜨린 공기총 소리였습니다. 그러면 옥수수 밭에서 백 · 황 · 흑 · 회, 또 백, 가지각색의 개가 퍽 여러 마리 열을 지어서 걸어 나옵니다. '센슈얼'한 계절의 흥분이 이 '코사크(Cossack, 카자흐의 영어식 이름)' 관병식을 한층 더 화려하게 합니다.

산삼이 풀어져 흐르는 시내의 징검다리 위에는 백채(白菜, 흰 채소) 씻은 자취가 남아 있습니다. 풋김치의 청신(淸新, 푸릇푸릇하고 풋풋함)한 미각이 안

약 '스마일'을 연상시킵니다. 화성암으로 반들반들한 징검다리 위에 삐뚤어진 N자처럼 쪼그리고 앉아 있으면 물동이를 머리에 인 채 주저하는 두 젊은 새색시가 다가옵니다. 이에 미안해서 일어나기는 하지만 일부러 마주 보며 걸어가 그녀들과 스칩니다. '하도롱' 빛 피부에서 푸성귀(사람이 가꾼 채소나 저절로 난 나물 따위를 통틀어 이르는 말) 냄새가 납니다. '코코아' 빛 입술은 머루와 다래로 젖어 있습니다. 나를 쳐다보지 못하는 동공에는 정제된 창공이 '간쓰메(통조림)'가 되어 있습니다.

M백화점 '미소노(1930년대 일제 화장품 이름)' 화장품 '스윗걸(Sweet girl)'이 신은 양말은 이 새색시들의 피부색과 똑같은 소맥(밀) 빛이었습니다. 삐뚜름하게 붙인 유선형 모자 고양이 배에 '화—스너(Fastener, 지퍼나 클립고 같이 분리된 것을 잠그는 데 쓰는 기구의 총칭)'를 장치한 가벼운 '핸드백' — 이렇게 도시의 참신한 여성을 연상해 봅니다. 그리고 새벽 '아스팔트'를 구르는 창백한 공장 소녀들의 회충과도 같은 손가락을 떠올립니다. 이렇듯 온갖 계급의 도시 여인들의 연약한 피부를 통해 그네들의 육중한 삶을 느끼지 않습니까?

4

가난하지만 무명처럼 튼튼한 피부에는 오점이 없고, '츄잉껌', '초콜레이트' 대신 달짝지근한 꼬아리(꽈리)를 부는 이 숭굴숭굴한 시골 새색시들을 나는 더 알고 싶습니다. 축복해주고 싶습니다.

　교회는 보이지 않습니다. 도시 사람들의 교활한 시선이 수줍어서 수풀 사이로 숨어버리고 종소리의 여운만이 근처에 냄새처럼 남아서 배회하고 있습니다. 혹 그것은 안식을 잃은 내 영혼이 들은바, 환청에 지나지 않았는지도 모릅니다.

　조밭 한복판에 높은 뽕나무가 있습니다. 뽕 따는 새색시가 전공부(電工夫, 전기기사)처럼 나무 위에 높이 올랐습니다. 거기에는 순백의 가장 탐스러운 과일이 열려 있습니다. 두 명은 나무에 오르고, 한 명은 나무 아래서 다랭이(대야)를 채우고 있습니다. 한두 잎만 따도 다랭이가 철철 넘치는 민요의 무대면(舞臺面, 무대 위에 나타나는 장면이나 정경)입니다.

　조 이삭은 모두 말라 죽었습니다. '코르크'처럼 가벼운 이삭이 근심스럽게 고개를 숙였습니다. 오―비야, 좀 오려무나. 해면처럼 물을 빨아들이고 싶어 죽겠습니다. 그러나 하늘은 구름 한 점 없이 푸르고, 맑으며, 부숭부숭(핏기 없이 조금 부은 듯한 모양)할 뿐입니다. 마치 깊지 않은 뿌리의 SOS 암반 아래를 흐르는 지하수에 다다를 지경입니다.

　두 소년이 고무신을 벗어들고 시냇물에 발을 담궈 고기를 잡습니다. 지상의 원한이 스며 흐르는 정맥―그 불길하고 독한 물에 어떤 어족이 살고 있는지―시내는 대지의 신열을 뚫고 벌판이 기울어진 방향으로 흐르고 있습니다. 그것은 가을의 풍설(風說, 바람처럼 떠도는 소문)입니다.

　혹시 가을이 올 터인데, 와도 좋으냐?고 쏘근쏘근(소곤소곤)하지 않습니까? 조 이삭이 초례청(醮禮廳, 초례를 치르는 장소) 신부가 절할 때 나는 소리처럼 부스스— 구깁니다. 노회한 바람이 조 이파리에 난숙(爛熟, 너무 익음)을 최촉(催促, 재촉)하는 것입니다. 하지만 조의 마음은 푸르고 초조하며 어릴 뿐입니다.

조밭을 어지럽힌 사람은 누구일까요? — 기왕 한 될 조여든 — 그런 마음으로 그랬을까요? 몹시도 어지럽혀 놓았습니다. 누에 — 호호(戶戶, 집집)에 누에가 있습니다. 조 이삭보다도 굵직한 누에가 삽시간에 뽕잎을 먹습니다. 이 건강한 미각은 왕후와 같이 존경스러우며 치사(侈奢, 사치와 같은 말)합니다.

새색시들은 뽕 심부름하는 것으로 마지막 영광을 삼습니다. 그러나 뽕이 떨어졌습니다. 온갖 폐백이 동난 것처럼 새색시들의 정열 역시 빛이 바랩니다. 어둠을 틈타 새색시들은 경장(輕裝, 가벼운 옷차림)으로 나섭니다. 얼굴의 홍조가 가리키는 방향으로 — 뽕나무에 우승컵이 놓여 있습니다. 그리로만 가면 되는 것입니다.

조밭을 짓밟습니다. 자외선에 맛있게 불태운 새색시들의 발이 그대로 조 이삭을 밟고 '스크럼(Srcum, 여럿이 팔을 바싹 끼고 횡대를 이루는 것)'을 짭니다. 그리하여 하늘에 닿을 지성이 천고마비 잠실(누에가 있는 방) 안에 있는 성스러운 귀족 가축들을 살찌게 하는 것입니다. '콜레트 부인(프랑스의 여류 소설가)'의 〈빈묘(牝猫, 암고양이)〉을 생각하게 하는 말캉말캉한 '로맨스'입니다.

간이학교 곁집 길가에서 들여다보이는 방 안에서 누에 틀 소리가 납니다. 편발처녀(머리를 땋아 내린 처녀)가 맨발로 기계를 건드리고 있습니다. 기계는 허리를 스치는 가느다란 실이 간지럽다는 듯이 깔깔거리며 웃고 있습니다. 웃으며, 지근대며 명산 ○○ 명주가 짜여 나오니, 열댓 자 수건이 성묘 갈 때 입을 때때옷을 만들고, 시집살이 설움을 씻어주며, 또 꿈과 꿈을 말소하는 쓰레받기도 되고 — 이렇게 실없는 내 환희입니다.

담뱃가게 곁방 안에 황혼을 미리 가져다 놓았습니다. 침침한 몇 '가론 (Gallon, 부피의 단위로 정확한 표현은 갤런이다)'의 공기 속에 생생한 침엽수가 울창합니다. 황혼에만 사는 이민 같은 이국 초목에는 순백의 갸름한 열매가 무수히 열렸습니다. 고치 — 귀화한 '마리아'들이 최신 지혜의 과일을 단려(端麗, 단정하고 아름다운)한 맵시로 따고 있습니다. 그 아들의 불행한 최후를 슬퍼하며 '크리스마스트리'를 헐어 들어가는 '피에다(Pieta, 예수의 시체를 안고 슬퍼하는 마리아상) 화폭 전도입니다.

학교 마당에는 '코스모스'가 피어 있고 생도들은 글을 배우고 있습니다. 그들은 열심히 간단한 산술을 놓아 그들의 정직과 순박함을 지혜와 교활로 환산하고 있습니다. 탄식할 이식산(利息算, 이자 계산)이 아니고 무엇이겠습니까?

족보를 찢어 버린 것과 같은 흰 나비 두어 마리가 분필 냄새 나는 화단 위에서 번복(飜覆, 고치거나 바꾸는 일)이 무상합니다. 또 연식 '테니스' 공의 마개 뽑는 소리가 음향의 흔적이 되어서는 등고선의 각 점 모양으로 남아 있는 것 같습니다. 이 마당에서 오늘 밤에 금융조합 선전 활동사진회가 열립니다. 활동사진? 세기의 총아 ― 온갖 예술 위에 군림하는 '넘버' 제8 예술의 승리. 그 고답적이고도 탕아적인 매력을 무엇에다 비하겠습니까? 그러나 이곳 주민들은 활동사진에 대해서 한낱 동화적인 꿈을 갖고 있습니다. 그림이 움직일 수 있는 이것은 홍모(紅毛, 붉은 머리) 오랑캐의 요술을 배워 온 것입니다. 참으로 부러운 재주입니다.

활동사진을 보고 난 다음에 맛보는 담백한 허무 ― 장주(莊周, 장자)의 호접몽이 이랬을 것입니다. 나의 동글납작한 머리가 그대로 '카메라'가 되어 피곤한 '더블렌즈(Double lens)'로 나마 몇 번이나 이 옥수수가 무르익어 가는 초추(初秋, 초가을)의 정경을 촬영하고 영사하였던가? ― '플래시백(Flashback, 영화에서 과거를 회상하는 장면)'으로 흐르는 엷은 애수 ― 도시에 남아 있는 몇몇 고독한 '팬'에게 보내는 단장(斷腸, 애를 끊임)의 '스틸(Still, 영화 장면을 사진기로 찍어 확대 인화한 사진)'입니다.

6

밤이 되었습니다. 초열흘 가까운 달이 초저녁이 조금 지나면 나옵니다. 마당에 멍석을 펴고 전설 같은 시민이 모여듭니다. 축음기 앞에서 고개를 갸웃거리는 북극 '펭귄'들과 무엇이 다르겠습니까. 짧고 기다란 삶을 적어 내려갈 편전지(便箋紙, 편지지) ― '스크린'이 박모(薄暮, 땅거미) 속에서 '바이오그래피(Biography, 전기)'의 예비표정입니다. 내가 있는 건너편 객줏집에 든 도시풍 여인도 왔나 봅니다. 사투리의 합창이 마당 안에서 들립니다.

자, 이제 시작되었습니다.

부산 잔교(棧橋, 부두에서 선박에 걸쳐놓아 화물을 싣고 부리거나 선객이 오르내리게 된 다리)가 나타납니다. 평양 모란봉도 보이네요. 압록강 철교도 보입니다. 하지만 박수갈채를 받은 명감독의 얼굴이 보이지 않습니다.

십분 휴식시간에 조합 이사의 통역이 있었습니다. 달은 구름 속에 있습니다. 금연―이라는 느낌입니다. 통역하는 이사 얼굴에 전등의 '스포트라이트(Spotlight)'도 비쳤습니다. 산천초목이 모두 경동할 일입니다. 전등― 이곳 촌민들은 ○○행 자동차 '헤드라이트' 외에 전등을 본 일이 결코 없습니다. 그 눈부시게 밝은 광선속에서 창백한 이사는 강단(降壇, 단상에서 내려옴)하였습니다. 우매한 백성들은 이사의 통역에 단 한 사람도 박수를 치지 않았습니다. ― 물론 나 역시 그 우매한 백성 중 하나일 수밖에 없었습니다만―

밤 열한 시가 지나자, 영화감상은 '해피엔드'로 끝이 났습니다. 조합원과 영사기사는 단 하나밖에 없는 음식점에서 위로회를 열었습니다. 나는 객사로 돌아와서 죽어가는 등잔 심지를 돋우고 독서를 시작했습니다. 이웃 방에 묻고 있는 노신사께서 내 게으름과 우울을 훈계하는 뜻으로 빌려주신 것으로, 고우다 로한(辛田露伴) 박사가 지은《인의 도》라는 진서(珍書, 귀중한 책)입니다.

멀리서 개소리가 끊임없이 들려옵니다. 그윽한 '하이칼라' 방향(芳香, 꽃다운 향기, 좋은 냄새)을 못 잊는 사람들이 아직 헤어지지 않았나 봅니다. 구름이 걷히고 달이 나왔습니다. 벌레 소리가 마치 무도회의 창문이라도 열어놓은 것처럼 요란스럽기 그지없습니다.

알지도 못하는 낯선 이를 사모하는 도회인적인 향수가 있습니다. 신간 잡지의 표지처럼 신선한 여인들 — '넥타이'와 동갑인 신사들, 그리고 창백한 여러 친구 — 나를 기다리지 않는 고향 — 도시에 내 나체의 말을 번역해서 보내주고 싶습니다. 잠 — 성경을 채자(採字, 좋은 글을 가려 뽑음) 하다가 엎질러 버린 인쇄 직공이 아무렇게나 주워 담은 지리멸렬한 활자의 꿈. 나도 갈가리 찢어진 사도가 되어서 세 번 아니라 열 번이라도 굶은 가족을 모른다고 하렵니다.

근심이 나를 제외한 세상보다도 훨씬 큽니다. 갑문(閘門, 수문)을 열면 폐허가 된 이 육신으로 근심의 조수가 스며들어 올 것입니다. 그러나 나는 나의 '메소이스트(masochist)' 병마개를 아직 뽑지 않으렵니다. 근심은 나를 싸고돌며, 그러는 동안 이 육신은 풍마우세(風磨雨洗, 바람에 닦이고 비에 씻겨나감)로 저절로 다 말라 없어지고 말 것이기 때문입니다.

밤의 슬픈 공기를 원고지 위에 깔고 얼굴 창백한 친구에게 편지를 씁니다. 그 속에 내 부고(訃告, 죽음을 알림)도 동봉하였습니다.

__1935년 9월 27일~10월 11일 《매일일보》

권태

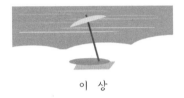

이 상

1

어서 — 차라리 — 어두워 버리기나 했으면 좋겠는데, 벽촌(僻村, 도시에서 떨어진 산간마을. 외진 곳에 있는 마을)의 여름날은 지루해서 죽겠을 만치 길다. 동에 팔봉산(八峯山), 곡선은 왜 저리도 굴곡 없이 단조로운고? 서를 보아도 벌판, 남을 보아도 벌판, 북을 보아도 벌판, 아 — 이 벌판은 어쩌라고 이렇게 한이 없이 늘어 놓였을꼬? 어쩌자고 저렇게까지 똑같이 초록색 하나로 되어 먹었노?

농가가 가운데 길 하나를 두고 좌우로 한 10여 호씩 있다. 휘청거린 소나무 기둥, 흙을 주물러 바른 벽, 강냉대(옥수숫대)로 둘러싼 울타리, 울타리를 덮은 호박 넝쿨, 모두 그게 그것같이 똑같다. 어제 보던 맵싸리 나무, 오늘도 보는 김 서방, 내일도 보아야 할 흰둥이, 검둥이.

해는 백 도(百度) 가까운 볕을 지붕에도, 벌판에도, 뽕나무에도, 암탉 꼬랑지에도 내리쫓인다. 아침이나 저녁이나 뜨거워서 견딜 수 없는 염서(炎暑, 매우 심한 더위)가 계속이다.

나는 아침을 먹었다. 할 일이 없다. 그러나 무작정 널따란 백지 같은 '오늘'이라는 것이 내 앞에 펼쳐져 있으면서 무슨 기사(記事)라도 좋으니 강요한다. 나는 무엇이고 하지 않으면 안 된다. 무엇을 해야 할 것인가 연구해야 한다. 그럼—나는 최 서방네 집 사랑 툇마루(방과 마당 사이에 있는 좁은 마루)로 장기나 두러 갈까. 그것 좋다.

최 서방은 들에 나갔다. 최 서방네 사랑에는 아무도 없나 보다. 최 서방의 조카가 낮잠을 잔다. 아하, 내가 아침을 먹은 것이 열 시가 지난 후니까 최 서방의 조카로서는 낮잠 잘 시간이 틀림없다.

나는 최 서방의 조카를 깨워 가지고 장기를 한판 벌이기로 한다. 최 서방의 조카로서는 그러니까 나와 장기 두는 것 그것부터가 권태다. 밤낮 두어야 마찬가질 바에는 안 두는 것이 차라리 나았지—그러나 안 두면 또 무엇을 하나? 둘밖에 없다. 지는 것도 권태이거늘, 이기는 것 역시 어찌 권태가 아닐 수 있으랴? 열 번 두어서 열 번 내리 이기는 장난이란 열 번 지는 이상으로 싱거운 장난이다. 나는 참 싱거워서 견딜 수 없다.

한 번쯤 져 주리라. 나는 한참 생각하는 체하다가 슬그머니 위험한 자리에 장기 조각을 갖다 놓는다. 최 서방의 조카는 하품을 쓱 한 번 하더니 이윽고 둔다는 것이 딴전(앞에 놓인 일과는 전혀 관계없는 일이나 짓)이다. 으레 질 것이니까 골치 아프게 수를 보고 어쩌고 하기도 싫다는 것이리라. 아무렇게나 생각나는 대로 장기를 갖다 놓고는 그저 얼른 끝을 내어 져 줄 만큼 져 주면 상승 장군(常勝將軍, 싸울 때마다 항상 이기는 장군)은 이 압도적 권태를 이기지 못해 제물에(남의 힘이나 간섭 없이 저 혼자의 힘이나 까닭으로. 즉, 제풀에)가 버리겠지 하는 사상(思想, 생각)이리라. 가고 나면 또 낮잠이나 잘 작정이리라.

나는 부득이 또 이긴다. 이제 그만 두잔다. 물론 그만두는 수밖에 없다. 일부러 져 준다는 것조차가 어려운 일이다. 나는 왜 저 최 서방의 조카처럼 아주 영영 방심 상태가 되어 버릴 수가 없나? 이 질식한 것 같은 권태 속에서도 자세한 승부에 구속을 받나? 아주 바보가 되는 수는 없나? 내게 남아 있는 이 치사스러운 인간 이욕(利慾, 사사로운 이익을 탐내는 욕심)이 다 시없이 밉다. 나는 이 마지막 것을 면해야 한다. 권태를 인식하는 신경마저 버리고 완전히 허탈(虛脫, 몸에 기운이 빠지고 정신이 멍함. 또는 그런 상태)해 버려야 한다.

2

나는 개울가로 간다. 가물(오래도록 비가 오지 않아 메마른 날씨. 즉, 가뭄)로 인해 너무나 빈약한 물이 소리 없이 흐른다. 뼈처럼 앙상한 물줄기가 왜 소리를 치지 않나?

너무 덥다. 나뭇잎들이 다 축 늘어져서 허덕허덕(힘에 부쳐 계속 쩔쩔매거나 괴로워하며 애쓰는 모양)하도록 덥다. 이렇게 더우니 시냇물인들 서늘한 소리를 내어 보는 재간도 없으리라.

나는 그 물가에 앉는다. 앉아서, 자, 무슨 제목으로 나는 사색해야 할 것인가 생각해 본다. 그러나 물론 아무런 제목도 떠오르지 않는다. 그렇다면 아무것도 생각 말기로 하자. 그저 한량없이 넓은 초록색 벌판 지평선, 아무리 변화하여 보았댔자 결국 치열한 곡에의 역을 벗어나지 않는 구름, 이런 것을 건너다본다.

지구 표면적의 100분의 99가 이 공포의 초록색이리라. 그렇다면 지구야말로 너무나 단조 무미한 채색(색깔)이다. 도회에는 초록이 드물다. 나는 처음 여기 표착(漂着, 정처 없이 떠돌아다니다가 일정한 곳에 정착함을 비유적으로 이르는 말)하였을 때 이 신선한 초록빛에 놀랐고 사랑하였다. 그러나 닷새가 못 되어서 이 일망무제(一望無際, 한눈에 바라볼 수 없을 정도로 아득하게 멀고 넓어서 끝이 없음)의 초록색은 조물주의 몰취미와 신경의 조잡성으로 말미암은 무미건조한 지구의 여백인 것을 발견하고 다시금 놀라지 않을 수 없었다.

어쩔 작정으로 저렇게 퍼렇나. 온종일 저 푸른빛은 아무 짓도 하지 않는다. 오직 그 푸른 것에 백치와 같이 만족하면서 푸른 채로 있다. 이윽고 밤이 오면 또 거대한 구렁이처럼 빛을 잃어버리고 소리도 없이 잔다. 이 무슨 거대한 겸손이냐.

이윽고 겨울이 오면 초록은 실색(失色, 색을 잃음)한다. 그러나 그것은 남루를 갈기갈기 찢은 것과 다름없는 추악한 색채로 변하는 것이다. 한겨울을 두고 이 황막하고 추악한 벌판을 바라보고 지내면서 그래도 자살

민절(悶絶, 지나친 번민으로 정신을 잃음)하지 않는 농민들은 불쌍하기도 하려니와 거대한 천치(선천적으로 정신 작용이 완전하지 못하여 어리석고 못난 사람. 즉, 바보)다.

그들의 일생 또한 이 벌판처럼 단조로운 권태 일색으로 도포된 것이리라. 일할 때는 초록 벌판처럼 더워서 숨이 칵칵 막히게 싱거울 것이요, 일하지 않을 때는 겨울 황원(荒原, 버려두어 거친 들판)처럼 거칠고 구지레하게(상태나 언행 따위가 더럽고 지저분함) 싱거울 것이다.

그들에게는 흥분이 없다. 벌판에 벼락이 떨어져도 그것은 뇌성 끝에 가끔 있는 다반사에 지나지 않는다. 촌동(村童, 촌 아이)이 범에게 물려가도 그것은 맹수가 사는 산촌에 가끔 있는 신벌(神罰, 신이 내리는 벌)에 지나지 않는다. 실로 전신주 하나 없는 벌판에서 그들이 무엇을 대상으로 흥분할 수 있으랴.

팔봉산 등을 업어 철골 전신주가 늘어섰다. 그러나 그 동선은 이 촌락에 엽서 한 장을 내려뜨리지 않고 서 있다. 동선으로는 전류도 통하리라. 그러나 그들의 방이 아직도 송명(松明, 관솔에 붙인 불. 즉, 관솔불)으로 어두침침한 이상 그 전선주들은 이 마을 동구(洞口, 마을 어귀)에 늘어선 포플러 나무와 조금도 다름이 없다.

그들에게 희망은 있던가? 가을에 곡식이 익으리라. 그러나 그것은 희망은 아니다. 본능이다. 내일. 내일도 오늘 하던 일을 계속해야지. 이 끝없는 권태의 내일은 왜 이렇게 끝없이 있나? 그러나 그들은 그런 것을 생각할 줄 모른다. 간혹 그런 의혹이 전광(電光, 번갯불)과 같이 그들의 흉리(凶裏, 가슴)를 스치는 일이 있어도 다음 순간 하루의 노역으로 말미암아 잠이 오고 만다. 그러니 농민은 참 불행하도다. 그럼, 이 흉악한 권태를 자각할 줄 아는 나는 얼마나 행복한가.

3

댑싸리 나무도 축 늘어졌다. 물은 흐르면서 가끔 웅덩이를 만나면 썩는다. 내가 앉아 있는 데는 그런 웅덩이가 있다. 내 앞에서 물은 조용히 썩는다.

낮닭 우는 소리가 무던히 한가롭다. 어제도 울던 낮닭이 오늘도 또 울었다는 것 외에 아무 흥미도 없다. 들어도 그만 안 들어도 그만이다. 다만, 우연히 귀에 들려왔으니까 그저 들었달 뿐이다.

닭은 그래도 새벽, 낮으로 울기나 한다. 그러나 이 동리(동네) 개들은 짖지를 않는다. 그러면 모두 벙어리 개들인가? 아니다. 그 증거로 이 동리 사람이 아닌 내가 돌팔매질을 하면서 위협하면 십 리나 달아나면서 나를 돌아다보고 짖는다. 그렇건만 내가 아무 그런 위험한 짓을 하지 않고 지나가면 천 리나 먼 데서 온 외인, 더구나 안면이 이처럼 창백하고 봉발(蓬髮 텁수룩하게 흐트러진 머리카락)이 작소(鵲巢, 까치집)를 이룬 기이한 풍모를 쳐다보면서도 짖지 않는다. 참 이상하다. 어째서 여기 개들은 나를 보고 짖지를 않을까? 세상에 희귀하고 겸손한 개들도 다 많다.

이 겁쟁이 개들은 이런 나를 보고도 짖지 않으니, 그럼 대체 무엇을 보아야짖으랴?

그들은 짖을 일이 없다. 여인(旅人, 나그네)은 이곳에 오지 않는다. 오지 않을 뿐만 아니라 국도 연변에 있지 않은 이 촌락을 그들은 지나갈 일도 없다. 가끔 이웃 마을 김 서방이 온다. 그러나 그는 여기 최 서방과 똑같은 복장과 피부색과 사투리를 가졌으니 개들이 짖어 뭐하랴. 이 빈촌에는 도둑이 없다. 인정 있는 도둑이면 여기 너무도 빈한한 새악시들을 위하여 훔친 비녀나 반지를 가만히 놓고 가지 않으면 안 되리라. 도둑에게 이 마을은 도둑의 도심을 도둑맞기 쉬운 위험한 지대(地帶, 자연적, 또는 인위적으로 한정된 일정 구역)리라.

그러니 실로 개들이 무엇을 보고 짖으랴. 개들은 너무나 오랫동안—아마 그 출생 당시부터—짖는 버릇은 포기한 채 지내 왔다. 몇 대를 두고 짖지 않은 이곳 견족(犬族)들은 결국 짖는 본능을 상실하고 만 것이리라. 인제는 돌이나 나무토막으로 얻어맞아서 견딜 수 없이 아파야 겨우 짖는다. 그러나 그와 같은 본능은 인간에게도 있으니 특히 개의 특징으로 쳐들 것은 못 되리라.

개들은 대개 제가 자라고 있는 집 문간에 가 앉아서 밤이면 밤잠, 낮이면 낮잠을 잔다. 왜? 그들은 수위(守衛, 지키어 호위함)할 아무 대상도 없으니까. 최 서방네 개가 이리로 온다. 그것을 김 서방네 개가 발견하고 일어나서 영접한다. 그러나 영접해 본댓자 할 일이 없다. 양구에 그들은 헤어진다.

설레설레 길을 걸어 본다. 밤낮 다니던 길, 그 길에는 아무것도 떨어진 것이 없다. 촌민들은 한여름 보리와 조를 먹는다. 반찬은 날된장과 풋고추다. 그러니 그들의 부엌에조차 남은 것이 없겠거늘 하물며 길가에 무엇이 족히 떨어져 있을 수 있으랴. 길을 걸어 본댔자 소득이 없다. 낮잠이나 자자. 그리하여 개들은 천부(天賦, 태어날 때부터 지님)의 수위술(守衛術, 집을 지키는 기술)을 망각하고 탐닉하여 버리지 않을 수 없을 만큼 타락하고 말았다.

슬픈 일이다. 짖을 줄 모르는 벙어리 개, 지킬 줄 모르는 게으름뱅이 개, 이 바보 개들은 복날 개장국을 끓여 먹기 위하여 촌민의 희생이 된다. 그러나 불쌍한 개들은 음력도 모르니 복날이 몇 날이나 남았는지 전혀 알 길이 없다.

4

이 마을에는 신문도 오지 않는다. 소위 승합자동차라는 것도 통과하지 않으니 도회의 소식을 무슨 방법으로 알랴?

오관(伍官, 다섯 가지 감각)이 모조리 박탈된 것이나 다름없다. 답답한 하늘, 답답한 지평선, 답답한 풍경 가운데 나는 이리 뒹굴 저리 뒹굴고 싶을 만큼 답답해하고 지내야만 된다.

아무것도 생각할 수 없는 상태 이상으로 괴로운 상태가 또 있을까. 인간은 병석에서도 생각하는 법이다.

끝없는 권태가 사람을 엄습하였을 때 그의 동공은 내부를 향하여 열리리라. 그리하여 망쇄(忙殺, 정신을 차릴 수 없을 정도로 매우 바쁨)할 때보다도 몇 배나 더 자신의 내면을 성찰할 수 있을 것이다.

현대인의 특질이요, 질환인 자의식의 과잉은 이런 권태하지 않을 수 없는 권태 계급의 철저한 권태로 말미암음이다. 육체적 한산, 정신적 권태, 이것을 면할 수 없는 계급이 자의식 과잉의 절정을 표시한다. 그러나 지금 이 개울가에 앉은 나에게는 자의식 과잉조차가 폐쇄되었다. 이렇게 한산한데, 이렇게 극도의 권태가 있는데, 동공은 내부를 향하여 열리기를 주저한다.

아무것도 생각하기 싫다. 어제까지도 죽는 것을 생각하는 것 하나만은 즐거웠다. 그러나 오늘은 그것조차가 귀찮다. 그러면 아무것도 생각하지 말고 눈뜬 채 졸기로 하자.

더워 죽겠는데 목욕이나 할까? 그러나 웅덩이 물은 썩었다. 썩지 않은 물을 찾아가는 것은 귀찮은 일이고…. 썩지 않은 물이 여기 있기로서니 나는 목욕하지 않으리라. 옷을 벗기가 귀찮다. 아니! 그보다도 그 창백하고 앙상한 수구(瘦軀, 빼빼 마른 몸)를 백일(白日, 밝게 빛나는 해) 아래 널어 말리는 파렴치를 나는 견디기 어렵다.

땀이 옷에 배면? 배인 채 두자. 그렇다고 하더라도 이 더위는 무슨 더위냐. 나는 일어나서 오던 길을 되돌아가던 중 교미하는 개 한 쌍을 만났다. 그러나 인공의 교미가 없는 축류(畜類, 가축)의 교미는 권태 그것인 것같이 권태 그것이다. 동리 동해(童孩, 어린아이)들에게도 젊은 촌부들에게도 흥미의 대상이 되지 않는다.

함석 대야는 그 본연의 빛을 일찍이 잃어버리고 그들의 피부색과 같이 붉고 검다. 아마 이 집 주인 아주머니가 시집올 때 가지고 온 것이리라.

세수를 해본다. 물조차 미지근하다. 물조차 이 무지한 더위에는 견딜 수 없었나 보다. 그러나 세수의 관례대로 세수를 마친다. 그리고 호박 덩굴이 축 늘어진 울타리 밑 호박 덩굴의 뿌리 돋친 데를 찾아서 그 물을 준다. 너라도 좀 생기를 내라고.

땀내 나는 수건으로 얼굴을 훔치고 툇마루에 걸터앉아 있자니, 내가 세수할 때 내 곁에 늘어섰던 주인집 아이들 넷이 제각기 나를 본받아 그 대야를 사용하여 세수를 한다.

저 애들도 더워서 저러는구나 하였더니 그렇지 않다. 그 애들도 나처럼 일거수일투족을 어찌하였으면 좋을까 당황해하고 있는 권태들이었다. 다만, 내가 세수하는 것을 보고 그럼 우리도 저 사람처럼 세수나 해볼까 하고 따라서 세수를 해보았다는 데 지나지 않는다.

5

원숭이가 사람 흉내를 내는 것이 내 눈에는 참 밉다. 어쩌자고 여기 아이들은 내 흉내를 내는 것일까? 귀여운 촌동들을 원숭이를 만들어서는 안 된다.

나는 다시 개울가로 가본다. 썩은 물 늘어진 댑싸리 외에 아무것도 없다. 그러나 나는 거기 앉아서 이번에는 그 썩은 웅덩이 속을 들여다본다.

순간, 나는 진기한 현상을 목도한다. 무수한 오점이 방향을 정돈해 가면서 움직이고 있는 것이다. 이것은 생물임이 틀림없다. 송사리 떼임이 틀림없다. 이 부패한 소택(沼澤, 작은 연못) 속에 이런 앙증스러운 어족이 서식하리라고는 꿈에도 생각하지 못했다. 요리 몰리고 조리 몰리고 역시 먹을 것을 찾음이리라. 무엇을 먹고사누. 버러지를 먹겠지. 그러나 송사리보다 더 작은 버러지라는 것이 있을까!

잠시도 가만히 있지 않는다. 저물도록 움직인다. 대략 같은 동기(動機, 어떤 일이나 행동을 일으키게 하는 계기)와 같은 모양으로 그러는 것 같다. 동기! 역시 송사리의 세계에도 시급한 목적이 있는 모양이다.

차츰차츰 하류를 향하여 군중(群衆, 무리를 지음)적으로 이동한다. 저렇게 하류로 하류로만 가다가 또 어쩔 작정인가. 아니, 그들은 중로에서 또 상류를 향하여 거슬러 올라올지도 모른다. 그러나 당장은 하류로 향하여 가고 있는 것이 확실하다. 하류로, 하류로!

5분 후 그들의 모양이 보이지 않을 만큼 그들은 멀리 하류로 내려갔다. 그리고 웅덩이는 아까와 같이 도로 썩은 물로 조용해지고 말았다.

나는 그 자리에서 일어나서 풀밭으로 가보기로 한다. 풀밭에는 암소 한 마리가 있다. 그 웅덩이 속에 그런 맹랑한 현상이 잠복해 있을 수 있다니, 하고 나는 적잖이 흥분했다. 그러나 그 현상도 소낙비처럼 지나가고 말았으니 잊어버리고 그만두는 수밖에.

소의 뿔은 벌써 소의 무기는 아니다. 소의 뿔은 오직 안경의 재료일 따름이다. 소는 사람에게 얻어맞을 뿐이다. 그러니 실상 소에게는 무기가 필요 없다. 소의 뿔은 오직 동물학자를 위한 표지(標識, 표시나 특징으로 어떤 사물을 다른 것과 구별하게 함. 또는 그 표시나 특징)이다. 야우(野牛, 야생의 소) 시대에는 이것으로 적을 돌격한 일도 있습니다, 하는 마치 폐병(廢兵, 전쟁으로 불구자가 된 병사)의 가슴에 달린 훈장처럼 그 추억성이 애상적이다.

암소의 뿔은 수소의 그것보다도 한층 더 겸허하다. 이 애상적인 뿔이 나를 받을 리 없으니 나는 마음 놓고 그 곁 풀밭에 가 누워도 좋다. 나는 누워서 우선 소를 본다. 소는 잠시 반추(反芻, 한번 삼킨 먹이를 다시 게워 내어 씹음. 또는 그런 일)를 그치고 나를 응시한다.

'이 사람의 얼굴이 왜 이리 창백하냐. 아마 병인인가 보다. 내 생명에 위해를 가하려는 거나 아닌지 조심해야지.'

이렇게 소는 속으로 나를 심리(審理, 자세히 조사하여 처리함)하였으리라. 그러나 5분 후 소는 다시 반추를 계속하였다. 소보다도 내가 마음이 놓인다.

소는 식욕의 즐거움조차 냉대할 수 있는 지상 최대의 권태자다. 얼마나 권태에 지질렸기(기운이나 의견 따위를 꺾어 누름)에 이미 위에 들어간 식물을 다시 게워 그 시금털털한 반소화물의 미각을 역설적으로 향락하는 것처럼 보이는 것일까?

소의 체구가 크면 클수록 그의 권태도 크고 슬프다. 나는 소 앞에 누워 내 세균같이 사소한 고독을 겸손해하면서, 나도 사색의 반추가 가능할지 몰래 생각을 좀 해본다.

6

길 복판에서 6, 7인의 아이들이 놀고 있다. 적발동부(머리를 빡빡 깎은 아이)의 반나체다. 그들의 혼탁한 안색, 흘린 콧물, 두른 베, 두렁이(두루마기의 잘못) 벗은 웃통만을 가지고는 그들의 성별조차 거의 분간할 수 없다. 그러나 그들은 여아가 아니면 남아요, 남아가 아니면 여아인, 결국에는 귀여운 5, 6세 내지 7, 8세의 '아이들'임이 틀림없다. 이 아이들이 여기 길 한복판을 선택하여 유희하고 있다.

돌멩이를 주워 온다. 여기는 사금파리(사기그릇의 깨어진 조각)도 벽돌 조각도 없다. 이 빠진 그릇을 여기 사람들은 버리지 않는다. 그러고는 풀을 뜯어 온다. 풀, 이처럼 평범한 것이 또 있을까. 그들에게 있어서 초록빛의 물건이란 무엇이고 간에 다시없이 심심한 것이다. 그러나 하는 수 없다. 곡식을 뜯는 것도 금제(禁制, 하지 못하게 말림)니까 풀밖에 없다.

돌멩이로 풀을 짓찧는다. 푸르스레한 물이 돌에 가 염색된다. 그러면 그 돌과 풀은 팽개치고 또 다른 풀과 돌멩이를 가져다가 똑같은 짓을 반복한다. 한 10분 동안 아무 말 없이 잠자코 이렇게 놀아 본다. 그쯤 되면 권태가 온다. 풀도 싱겁고 돌도 싱겁다. 그러면 그 외에 무엇이 있나? 없다.

그들은 일제히 일어선다. 질서도 없고 충동의 재료도 없다. 다만, 그저 앉아 있기 싫으니까 이번에는 일어서 보았을 뿐이다. 일어서서 두 팔을 높이 하늘을 향하여 쳐든다. 그리고 비명에 가까운 소리를 질러 본다. 그러더니 그냥 그 자리에서 경중경중 뛴다. 그러면서 그 비명을 겸(兼, 동시에

함)한다.

나는 이 광경을 보고 그만 눈물이 났다. 여북하면(정도가 매우 심하거나 상황이 좋지 않음. 여기서는 '얼마나 심심하면'으로 해석할 수 있음) 저렇게 놀까. 이들은 놀 줄조차 모른다. 어버이들은 너무 가난해서 이들 귀여운 애기(아기)들에게 장난감을 사다 줄 수가 없었던 것이다.

이 하늘을 향하여 두 팔을 뻗치고 소리를 지르면서 뛰는 그들의 유희가 내 눈에는 암만해도 유희같이 생각되지 않는다. 하늘은 왜 저렇게 어제도 오늘은 내일도 푸르냐는 조물주에게 대한 저주의 비명이 아니고 무엇이랴.

아이들은 짖을 줄조차 모르는 개들과 놀 수는 없다. 그렇다고 해서 모이를 찾느라고 눈이 벌건 닭들과 놀 수도 없다. 아버지도 어머니도 너무나 바쁘다. 언니 오빠조차 바쁘다. 역시 아이들은 아이들끼리 노는 수밖에 없다. 그런데 대체 무엇을 갖고, 어떻게 놀아야 하나. 그들에게는, 장난감 하나 없는 그들에게는 영영 엄두(감히 무엇을 하려는 마음을 먹음. 또는 그 마음)가 나지 않을 것이다. 그들은 이렇듯 불행하다.

그 짓도 5분이다. 그 이상 더 길게 이 짓을 하자면 그들은 피로할 것이다. 순진한 그들이 무슨 까닭에 피로해야 되나? 그들은 위선 싱거워서 그 짓을 그만둔다.

그들은 도로(먼저와 다름없이. 또는 본래의 상태대로) 나란히 앉는다. 그런데 소리가 없다. 무엇을 하나. 무슨 종류의 유희인지, 유희는 유희인 모양인데… 이 권태의 왜소(矮小, 덩치가 작음) 인간들은 또 무슨 기상천외의 유희를 발명했나.

5분 후 그들은 비키면서 하나씩 둘씩 일어선다. 제각각 대변을 한 무더기씩 누어 놓았다. 아, 이것도 역시 그들의 유희였다. 속수무책의 그들 최후의 창작 유희였다. 그러나 그중 한 아이가 영 일어나지를 않는다. 그는 대변이 나오지 않는다. 그럼 그는 이번 유희의 못난 낙오자임이 틀림없다. 분명히 다른 아이들 눈에 조소의 빛이 보인다. 아, 조물주여! 이들을 위하여 풍경과 완구(玩具, 장난감)를 주소서.

7

날이 어두워졌다. 해저(海底, 바다 밑)와 같은 밤이 오는 것이다. 나는 자못 이상하다. 가만히 생각해 보면 나는 배가 고픈 모양이다. 이것이 정말이라면 나는 어째서 배가 고픈가. 무엇을 했다고 배가 고픈가.

자기 부패 작용이나 하고 있는 웅덩이 속을 실로 송사리 떼가 쏘다니고 있더라. 그럼 내 장부 속으로도 나로서는 자각할 수 없는 송사리 떼가 준동(蠢動, 꿈쩍거리며 움직임)하고 있나 보다. 아무튼, 나는 밥을 아니 먹을 수 없다.

밥상에는 마늘장아찌와 날된장과 풋고추조림이 관성의 법칙처럼 놓여 있다. 그러나 먹을 때마다 이 음식이 내 입에 내 혀에 다르다. 그러나 나는 그 까닭을 설명할 수 없다.

마당에서 밥을 먹으면 머리 위에서 그 무수한 별이 야단이다. 저것은 또 어쩌라는 것인가. 내게는 별이 천문학의 대상이 될 수 없다. 그렇다고 시상(詩想, 시의 구상)의 대상도 아니다. 그것은 다만 향기도 촉감도 없는 절대 권태의 도달할 수 없는 영원한 피안(彼岸, 불교에서 말하는 깨달음의 세계)이다. 별조차가 이렇게 싱겁다.

저녁을 마치고 밖으로 나와 보면 집집에서는 모깃불 연기가 한창이다. 그들은 마당에서 멍석을 펴고 잔다. 별을 쳐다보면서 잔다. 그러나 그들은 별을 보지 않는다. 그 증거로 그들은 멍석에 눕자마자 눈을 감는다. 그러고는 눈을 감자마자 쿨쿨 잠이 든다. 별은 그들과 관계없다.

나는 소화를 촉진시키느라고 길을 왔다 갔다 한다. 되돌아설 적마다 멍석 위에 누운 사람의 수가 늘어 간다. 이것이 시체와 무엇이 다를까? 먹고 잘 줄만아는 시체. 나는 이런 실례로운(실례되는) 생각을 정지해야만 되겠다. 그리고 나도 가서 자야겠다.

방에 돌아와 나는 나를 살펴본다. 모든 것에서 절연(絕緣, 인연이나 관계를 끊음)된 지금의 내 생활… 자살의 단서조차 을 길이 없는 지금의 내 생활은 과연 권태의 극, 그것이다. 그렇건만 내일이라는 것이 있다. 다시는 날이 새지 않을 것 같은 밤 저쪽에 또 내일이라는 놈이 한 개 버티고 서 있다. 마치 흉맹(凶猛, 흉악하고 사나움)한 형리(刑吏, 형을 집행하는 사람)처럼…. 나는 그 형리를 피할 수 없다. 오늘이 되어 버린 내일 속에서 질식할 만큼 심심해해야 하고 기막힐 만큼 답답해해야 한다.

그럼, 오늘 하루를 나는 어떻게 지냈던가. 이런 것은 생각할 필요가 없으리라. 그냥 자자! 자다가 불행히, 아니 다행히 또 깨거든 최 서방 조카와 장기나 또 한판 두자. 웅덩이에 가서 송사리를 볼 수도 있고, 몇 가지 안 남은 기억을 소처럼 반추하면서 끝없이 나태를 즐기는 방법도 있지 않으냐.

불나비가 달려들어 불을 끈다. 불나비는 죽었든지 화상을 입었으리라. 그러나 불나비라는 놈은 사는 방법을 아는 놈이다. 불을 보면 뛰어들 줄도 알고, 평상(平常, 평상시)에 불을 초조히 찾아다닐 줄도 아는 정열의 생물이니 말이다. 그러나 여기 어디 불을 찾으려는 정열이 있으며 뛰어들 불이 있느냐. 없다. 나에게는 아무것도 없는, 내 눈에는 아무것도 보이지 않는다.

암흑은 암흑인 이상 이 좁은 방의 것이나 우주에 꽉 찬 것이나 분량상의 차이는 없으리라. 나는 이 대소(大小, 크고 작음) 없는 암흑 가운데 누워서 숨 쉴 것도 어루만질 것도 또 욕심나는 것도 아무것도 없다. 다만, 어디까지 가야 끝이 날지 모르는 내일, 그것이 또 창밖에 등대(等待, 미리 준비하고 기다림)하고 있는 것을 느끼면서 오들오들 떨고 있을 뿐이다.

__ **1937년 5월 4일~11일 《조선일보》**

여름과 물

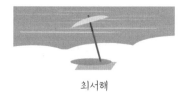

최서해

뒤에는 푸른 산, 앞에는 긴 강, 그 사이에 하얗게 깔린 그리 넓지 않은 백사장은 뜨거운 볕에 달아올라 이글이글하다.

나는 푸른 보리밭을 지나 백사장으로 나아갔다. 뜨거운 모래에 발바닥은 뜨겁게 달아오르고, 발갛게 깎은 머리에 스며드는 볕은 뇌장(腦漿, 뇌척수액)을 끓이는 듯하다. 콸콸—쏟아지는 여울 소리처럼 간간이 녹음(綠陰, 푸르고 울창한 숲)을 스쳐오는 바람이 서늘하다.

이른 새벽부터 초로(草露, 풀잎에 맺힌 이슬)에 베잠방이(베로 만든 옷)를 적셔 가면서 기음(氣汪, 이상 기후)에 피곤한 촌사람들도 뜨거운 정오의 햇볕을 피해 강가로 나왔다. 물속에서 물장구치는 아이들, 버들 그늘에서 낚싯대를 드리운 늙은이, 모두 대자연의 한 덩어리처럼 보인다.

나는 옷을 활활 벗었다. 그리고 뜨거운 모래에 움츠러든 발부터 얼른 물속에 넣었다. 보이지 않는 느긋한 물에 떨어진 햇살은 검푸른 물속에 속속히 흘러들어서 푸른 바탕에 느릿한 비단 — 발(길게 쭉 내리 펼쳐진 비단) 같다. 잠잠한 물은 무릎에 와서 부딪쳐 아른아른한 길을 지으며 흐른다. 떼어놓는 걸음을 따라 두 다리를 점점 더 깊이 잠기는 산뜻한 물기운은 부글부글 끓는 피를 맑고 깨끗이 식힌다.

나는 팔을 쭉 폈다. 그리고 몸을 솟구쳐 물속으로 풍덩 뛰어들었다. 고요하던 물에 굵은 파문이 일고, 햇볕 사이로 영롱한 구슬 같은 물방울이 퍼졌다. 싸늘한 물이 내 몸을 안을 때, 나는 묘한 쾌감을 느꼈다. 껍질을 뚫고 살에 스며들어 뼛속까지 사무치는 물기운은 청정하고 경쾌한 느낌을 주었다. 머리 위에 빛나는 태양은 자연을 뜨겁게 비추건만 나와는 아무 상관없다.

나는 두 발로 물을 차고, 두 팔로 물을 끌어당기었다. 내 몸은 순한 물길을 좇아 둥실둥실 아래로 흐른다. 천 일이고, 만 일이고 이 물에 이렇게 밀리면서 하늘 끝닿는 데까지 가고 싶다. 물개암나무가 우거진 조그마한 섬을 향해 엉금엉금 기어올랐다. 강렬한 볕 아래 강풍에 반짝반짝 흔들리는 푸른 잎이 마치 수정처럼 맑다.

물속에서 으스스 식은 몸을 햇볕에 다시 내놓자 긴장했던 힘줄이 풀렸는지 졸음이 스르르 쏟아졌다.

출렁출렁한 목소리! 반짝반짝 선명한 녹음, 서늘한 바람, 그사이에 시름없이 앉아 있는 나…. 어떤 괴로움도 느낄 수 없다.

아! 우주와 인생은 아름다운 것이다.

__1925년 《조선문단》

더위와 예의

계용묵

　여름처럼 사람의 마음이 관대해지는 계절은 없다. 팔뚝과 정강이를 징그러울 정도로 드러내 놓고 대로를 마음대로 활보해도 누구 한 사람 눈살을 찌푸리지 않는다. 이것이 물속일 때는 좀 더 관대하다. 아니, 그 순간 전까지의 예의를 깡그리 무시하고 남녀가 그 물속으로 같이 뛰어들어도 그것은 자유다. 그리하여 예의의 까풀(꺼풀. 여러 겹으로 된 껍질이나 껍데기의 층) 속에서 번열증(煩熱症, 몸에 열이 몹시 나고 가슴속이 답답하며 괴로운 증세)을 느끼던 심신은 해방이 된다.

　여름, 더위, 그리운 물이다. 그러나 나는 물을 모른다. 왠지 물이 싫다. 물은 지자(智者, 지혜로운 사람)가 즐긴다고 공부자(孔夫子, 공자)가 일찍이 한 말을 그대로 믿는다면 아마 나는 지자가 못 되는 모양이다. 그렇다고 해서 산을 즐기는가 하면 산도 나는 싫다. 산은 인자(仁者, 마음이 어진 사람)가 즐긴다고 했으니 산도 싫은 나는 인자 역시 못 되는 모양이다.

사람은 대게 동적 기질과 정적인 기질을 함께 타고 나는 것이 보통으로 동(動)은 지(智)에 통하고 정(靜)은 인(仁)에 통한다고 한다. 그러고 보면 지도 인도 못 타고난 내 기질은 대체 무슨 기질일까. 이 무슨 기질이기에 여름 한철이나마 남과 같이 벗을 수 있는 예의의 꺼풀을 벗지 못하고 척서(滌暑, 더위를 씻어냄)와는 인연을 멀리 살아야 하는 것인가. 공자가 지와 인 이외에 그 무슨 다른 기질을 상징하는 그 무엇 하나만이라도 더 들어 이야기하였던들 나는 내 기질을 거기다가 미루어 보고, 그리고 그것이 얼핏 비슷하기라도 하면, 나도 사람이 타고나는 기질을 떳떳이 하나 타고 나기는 났다고 땀을 흘려 가면서도 고개를 끄덕거리며 한여름을 나기는 날 것인데, 이 여름에도 나는 예년이나 다름이 없이 그저 내 집 조그마한 뜰 한쪽 모퉁이의, 이제 겨우 한 길 나마(남짓) 자란 라일락 그늘 아래다 깔개나 한 조각 깔아 놓고 책이나 들고 견뎌볼 수밖에 없다. 그러나 가두(街頭, 길거리)나 물이 아니면 관대할 줄 모르는 라일락 그늘이다. 더위에 지친 몸이 그저 졸리다가 잠이 들다가 하면서 의식을 잃으므로 예의의 꺼풀을 벗 보는 그 한때의 요행이 던지어져 있을 뿐이다. 때와 곳에 따라서 이렇게도 관불관(寬不寬, 너그러움과 너그럽지않음)을 하는 변덕스러운 예의.

나는 파리입니다

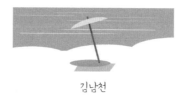

김남천

나는 파리다. 이름은 아직 없다. —이렇게 쓰기 시작하고 보니, 나는 고양이다. 이름은 아직 없다. —나쓰메 소세키의 인기 소설 허두(虛頭, 글이나 말의 첫머리)를 잡았던 '나는 고양이다'가 생각난다. 그 뒤에 그 고양이에게는 필시 귀엽고 아름다운 이름이 붙었을 것이다. 그러나 나는 영원히 이름이란 걸 가져볼 수 없을 것이다. 아니, 우리 족속 중 이름을 가져본 조상은 아마 없을 것이다. 단지, 우리에게는 종류를 구별하기 위한 '장르'적 명칭이라고 할 만한 것이 있을 따름이다. 쇠파리, 왕파리, 쉬파리, 청파리, 똥파리 등등….

나는 나 자신에 관해서 한 가지 자랑할 만한 게 있다. 그것은 다름 아닌 나의 고향이다. 사람치고 제 고향을 모르는 이는 아마 없을 것이다. 그러나 동물은 대부분 자기가 태어난 곳을 모른다. 사람들이 주고받는 말 중에 "개구리가 올챙이 시절을 모른다."라는 말이 있다. 이는 자기 출생이나 성장에 대한 기억을 잃어버렸거나 망각한 것을 두고 하는 말이다. 그러니 고향을 모르는 '놈팡이'라고까지야 할 수는 없지만, 하필이면 다른 동물을 다 두고 왜 '개구리'라는 이름을 빌렸는지 의문이 남는다. 생각건대, 개구리의 심각한 건망증 때문이리라. 그러고 보면 개구리의 건망증을 가히 추상(推想, 미루어 생각함)할만하다. 이놈이 오월 단오 전후해서 논두렁이나 수챗구멍에서 재갈거리며(나직한 소리로 조금 떠들썩하게 자꾸 이야기하다. '재깔거리다'보다 여린 느낌을 줌) 독창인지 합창인지 모르게 떠들어댈 때면, 아닌 게 아니라 올챙이 시절 흉한 꼬리를 달고 개천 구덩이에서 몰려다니던 때를 잊었거나 개구리 알 시절을 잊었음이 분명하다. 그러니 이런 놈에게 고향을 묻는다면 도리질을 하든지 그렇지 않으면 광산쟁이(광업에 종사하는 사람을 낮잡아 이르는 말)처럼 대포나 꽝꽝 쏠 게 틀림없다. 나아가 십중팔구는 시골 논두렁에서 태어났으면서 경회루(경복궁에 있는 누각)나 덕수궁 연못, 창경궁 춘당지 연뿌리 밑에서 부처님처럼 솟아 나왔다고 말할 것이 틀림없다.

그러나 나는 그렇지 않다. 정직할 뿐만 아니라 기억 또한 확실하다. 사람도 제 어미 아비가 가르쳐주지 않으면 태어날 때의 일을 기억할 리 없다. 부모가 공력을 들여가며 똥오줌 받아내고, 추울세라 더울세라, 그야말로 손끝으로 길러낸 자식들이 스물 안짝만 넘어서면 저 혼자 자란 것처럼 부모의 은덕을 잊고, 마지막에는 칼부림까지 하는 놈이 수두룩한 세상이니, 또다시 말할 게 뭔가.

나는 조선하고도 평안남도 성천군 성천면 하부리 — 안타깝게도 아직 번지수를 모른다. 이게 누구네 집이면 문패를 달아놓은 곳으로 윙—하니 날아가 보면 그만일 텐데, 인가(人家 사람이 사는 집)에서 좀 떨어져 있는 밭 한가운데서 태어났기 때문이다. 그것도 채소밭이나 보리밭이 아닌 뽕밭이나 감자밭 사이에 있는 돼지우리에서.

그곳에는 번지수가 없다. 소유자의 서명이 붙어 있을 뿐이다. 결국, 내가 태어난 곳의 번지수를 알려면 밭 소유자를 알아낸 후 밭의 증명 서류를 찾아야만 한다. 열심히 애쓴 결과, 소유자는 알아냈다. 포목점을 하는 박 아무개였다. 나는 그 집에 몰래 숨어들어 온갖 고초를 당하면서 밭의 증명 서류를 찾기 위해 노력했다. 필시, 서류는 금고 옆에 있을 터였지만, 끝내 찾을 수 없었다. 나중에 안 사실이지만—돈을 빌리느라 두 번씩이나 저당을 잡혀 어느 지주의 금고에 들어가 있었단다. 나는 장거리 비상을 좋아하지 않아 십 리 이상 날아갈 생각이 없다. 그래서 아직도 태어난 곳의 번지를 모르고 있다.

이제 남은 것은 돼지우리 주인을 알아내는 것이다. 하지만 나는 그 주인을 이미 알고 있다. 그는 그곳을 빌린 대가로 박 포목상에게 일 년에 2원씩 세를 내고 있다. 돼지우리 문이 있는 쪽을 보면 '소유자 최가매'라고 써 붙인 작은 나무 조각이 붙어 있다. 어찌 된 놈의 이름이 이 모양이냐고 조사해보니 최 씨 동네 첩으로 늙은 퇴기의 호적상 이름이었다. 아마 마을 사람 중 그녀의 이름이 '가매'인 것을 아는 사람은 한 명도 없을 것이다. 얼굴을 알고 있는 사람들은 '최 씨 동네 할머니'라 부르고, 다른 마을에서는 '최 씨 동네 노인네' 또는 '방송국'이라 부르기 때문이다. 남의 흉을 잘 보고, 말을 잘 옮기며, 음해를 잘하고, 소식을 잘 전한다고 해서, 그 집에 와서 순두부나 비지를 시켜 술을 먹는 젊은 주정뱅이 관청 나리들이 붙여준 별명이다.

구더기를 거쳐 파리가 되는 과정은 동물학자에게 물으면 될 일이다. 그렇지 않으면 이즈음, 도(道) 위생과에서 시골 마을을 순회하며 보여주는 영상자료를 보면 모든 것이 명료해진다. 그런데 과대망상증에 걸린 사대주의자들은 나를 무슨 강도나 호랑이처럼 취급한다. 그들은 내가 무심결에 하는 행동 하나하나를 확대해서 위생에 관한 영화를 만들고, 서 푼짜리 화가들을 시켜서 포스터를 그리며, 게시판 같은 곳에 '무서운 전염병의 매개자 파리를 박멸하라'며 무시무시한 글을 써 붙이곤 한다. 질색할 노릇이다. 내가 인간을 무슨 원수 취급하는 줄 아는 모양이다.

사람의 원수는 사람들 자신이다. 다른 족속이 무엇 때문에 사람의 원수가 된단 말인가. 사람의 법률에도 의식하지 않고 저지른 실수는 과실이라고 해서 범죄를 구성하지 못하거나 죄가 경감되지 않는가. 하물며 다른 족속이 생존을 위해서 하는 행동이거늘, 내가 사람들의 원수가 될 게 뭐가 있단 말인가. 그러니 만물의 영장이니, 문화인이니 하는 사람들이 우리를 원수 취급한다는 것 자체가 벌써 심각한 자기 폄하(貶下, 깎아내림)다. 또한 "저런 파리같이 더러운 놈"이니, "X에 치운 파리 같은 놈"이니 등 가장 더러운 물건 중에도 제일 하찮은 초개(草芥, 하찮은 물건)보다도 더 가치 없는 것으로 우리를 모욕하고 깔보면서도 그것을 자신들과 대등한 지위에 올려놓고 적이니, 원수니 하니 대체 어찌 된 일이냔 말이다.

사람들이 자신의 재능을 서양의 누구처럼 전기를 일으키는 기계를 만든다든지, 하다못해 조선의 발명가들처럼 셀룰로이드 동정이라도 생각해놓으면 인류의 생활도 향상될 것이요, 장사 역시 잘 될 것이다. 그런데 무엇 때문에 파리 죽이는 약이나 기구를 연구해내고 있단 말인가.

처음에는 파리채라는 걸로 딱—딱—마치 아이가 장난하듯 우리를 후려갈겨서 죽이려고 하더니, 지금은 파리통이라는 것까지 생겼다. 그것은 유리로 만든 통으로, 그 안에 밥알이나 뼈다귀 부스러기를 넣은 후 우리를 빠져나오지 못하게 하는 것이다. 수많은 우리 족속이 그 안에서 죽어갔다. 그러나 속는 것도 한두 번이다. 그러자 이번에는 한 번 붙으면 빠져나올 수 없는 끈끈이를 만들어 우리를 위협했다. 부뚜막이나 음식물을 덮는 헝겊 등 우리가 잘 출입하는 곳에 그놈을 갖다 놓는데, 기름이 번질번질한 것에 그만 홀려서 윙—하고 날아갔다가는 그 날이 마지막이다. 다리고, 날개고, 딱 붙어서 떼려야 뗄 수 없기 때문이다. 빠져나오기위해 애쓰면 애쓸수록 점점 더 지독하게 붙어버리고 만다. 그 모습을 보고 뭘 달게 먹는 줄 알고 날아온 친구들이나 구조해주기 위해서 왔던 친구들 역시 두말없이 붙어버린다. 그러니 그 부근에서는 저공비행을 해서는 안 된다. 모름지기 군자라면 이를 절대 가까이하지 말 일이다.

최근 몇 년 동안 생겨난 것 중에는 십여 가지 물약도 있다. 사실 이것이야말로 질색이다. 우리 동네에서 국장이나 군수 정도는 못되어도 그래도 제법 좌수(座首, 조선 시대 지방의 자치기구인 향청의 우두머리) 소리를 들으며 지혜롭기로 소문난 나 역시 이것에 걸려 염라대왕 앞까지 갔던 일이 있다.

언젠가 김 아무개 네 집 맏아들이 서울서 내려왔다기에 꼬락서니를 좀 보려고 돼지 물 주러 왔던 방송국 집 며느리 잔등에 붙어서 그의 방까지 따라간 일이 있다. 발(가늘고 긴 대를 줄로 엮거나, 줄 따위를 여러 개 나란히 늘어뜨려 만든 물건. 주로 무엇을 가리는 데 쓰인다)을 쳐놓아서 들어갈 수는 없고, 문지방에 붙어서 그를 보고 있자니, 대학에 다니다가 신경 쇠약에 걸려서 왔다는 놈이 꽃이 그려진 편지지에 눈이 발개져서 뭔가를 열심히 쓰고 있었다. 그때 마침 소 닭 보듯 하는 그의 아내가 참외인가 뭔가를 깎아서 오기에 그 위에 올라앉았다. 그런데 이 여편네가 들고 오는 참외에 정신이 있었으면 왼손으로 휙―하고 나를 날려 보내려고 했을 텐데, 글자는 몰라도 꽃이 그려진 편지지는 알고 있는지라 금세 눈에 쌍심지가 서서 남편을 흘겨보는 게 아닌가. 당연히 내게는 조금도 신경도 쓰지 않아 책상 밑에 내버려둔 참외를 혼자 포식하면서 그들의 대화를 몰래 엿들었다.

"누구에게 편지라도 하게요?"

여자가 노여움을 제법 죽인 채 물었다.

"응, 친구에게."

그러면서 아내를 쳐다보니 일본 무사처럼 생긴 얼굴이 어딘가 마뜩잖아 보이는지라 더는 참지 못하고 한마디 더 쏘아붙이고 말았다.

"왜, 당신이 그건 알아서 뭐하게?"

그러자 화가 난 여자는 횡―하니 방에서 나가 버렸고, 편지 쓰던 단맛을 잃은 남편은 기름 바른 머리카락을 긁적긁적 긁었다. 그러고는 그제야 참외 그릇 위에 있는 나를 보았는지 "이놈의 파리" 하면서 옆에 있는

가죽채를 들어 후려갈겼다. 그러나 그렇게 쉽사리 죽을 내가 아니다. 나는 획─하고 목을 뻗쳐 천장을 향해 달아났다. 그러자 그는 유카다(목욕 후 또는 여름철에 입는 일본의 무명 홑옷) 차림 그대로 일어서서 멍하니 나를 쳐다보았다. 닭 쫓던 개 지붕 쳐다보는 심정이 이럴까. 하지만 웬걸, 잠시 후 농 밑에서 사이다병 같은 걸 꺼내더니 구멍 뚫린 쇠를 입에 물고 획─하고 안개 같은 걸 내뿜었다. 나는 정신을 잃지 않으려 애썼지만 이미 늦은 뒤였다. 그리고 얼마나 지났을까. 다시 정신이 들어 눈을 떠보니 이미 밤이 깊어 몸이 으슬으슬한 가운데, 나는 쓰레기통 속에 누워 있었다.

___**1938년 8월 〈조광〉**

여름 3제

이효석

고향을 잊은 지 오래다. 하지만 삼 년만 살면 고향이라는 말이 있듯 현재 사는 곳의 여름을 기록하는 것 역시 이 과제에서 크게 어긋나지 않으리라 믿는다.

일 번지의 감기(感起, 크게 감격하여 떨쳐 일어남)

모처럼 애써서 뜰을 가꾼 후 집을 옮기니 일 번지다. 양철 지붕 회벽(석회를 반죽하여 바른 벽)일망정 교회처럼 뾰족한 문턱 지붕 꼭대기에 바람개비를 꽂은 것은 당(堂)을 세운 교부(敎父, 성직자)의 생각이리라.

향나무, 단풍나무, 장미가 뜰 앞에 조촐하게 우거졌고, 그늘 밑으로 딸기밭이 꽤 넓다. 사과밭 속을 버리고 딸기밭 속으로 온 셈이다. 북쪽에서 딸기는 봄 과일이 아닌 여름 과일이다. 화단 역시 여름이 아닌 가을의 것이다. 화단 없는 여름 아침에 이슬에 젖은 잎 사이로 불긋불긋 엿보이는 딸기는 매우 신선한 색을 띠고 있다. 교부의 식구들은 딸기를 먹고 찬송가를 불렀을까. 나는 딸기를 먹으며 갖가지 생각에 잠긴다. 과연, 다음에 오는 사람들은 딸기를 먹은 후 뭘 할까. 딸기에 매달려 흘러가는 인생의 그림이 차례차례로 회벽에 때 묻어 전설의 이끼가 낄 날을 생각한다.

도서관에 있는 만 권의 책은 만 가지 생활을 전해준다. 하지만 그 뒤에 다시 생활이 덕지덕지 덮쳐 무한히 괴로울 것을 생각하면, 끝없는 선 위에 점 하나를 찍고 들러붙어 사는 삶이라는 것이 매우 짧게만 느껴진다.

기록으로서 과거를 아는 우리는 미래가 매우 궁금하다. 우리의 관심은 온통 미래에 있기 때문이다. 국경의 경계선이 어떻게 변하며, 여자들의 복색(옷의 꾸밈새와 빛깔)이 어떠며, 연애관은 어떻게 빗나갈까. 만일 이것을 꼭 맞추는 사람이 있다면, 그는 얼마나 위대한 예언자일까. 나아가 미래를 의지대로 창조하는 사람이 있다면, 그는 얼마나 위대한 창조자일까. 우리가 정말 원하는 것은 예언자가 아닌 이러한 창조자일 것이다. 하지만 이런 생각은 여름을 더욱 덥게 할 뿐이다.

딸기를 먹으며 향나무 그늘에 앉아, 나만의 생각에 잠기면 그만이다. 그림 속의 인물을 생각하고, 작품 속의 생활을 둘러보며, 마음의 세계를 창조하면 충분하다. 바라건대, 이 그림, 작품, 마음속의 인물이 모두 뛰쳐나와 뜰에서 함께 놀 수 있다면, 이 여름이 얼마나 즐거울까.

바다

자전거 — 자동차가 아니라 — 와 바다는 여름의 쾌미(快美, 마음이 시원스럽고 아름다움)다. 새 자전거는 새 구두처럼 마음에 든다. 싫어하던 자전거에서 미리(美理, 사물에 내재하는 아름다운 원리)를 발견하게 된 것은, 하기야 생활의 공리(公理, 일반 사람과 사회에서 두루 통하는 진리나 도리) 때문인지도 모른다. 마음에 드는 것을 고르라면 책, 악기, 석유등, 파이프, 꽃, 자전거, 구두…

자전거로 벌판을 달리면 바다까지 15분. 바다에서는 수평선 멀리 배의 기적 소리가 들려온다. 뽀오오옹— 모양은 보이지 않고 소리만 아리송하다. 쌍안경을 대면 붉은 흘수선(吃水線, 배가 물 위에 떠 있을 때 배와 수면이 접하는, 경계가 되는 선)이 보이련만, 그보다는 아지랑이 같은 소리만 듣는 것이 훨씬 더 자연스럽고 좋다. 뽀오오옹—

해수욕장은 색채의 진열장이 아니다. 여인이 없는 해변은 조촐하기 그지없기 때문이다.

바다를 그리는 화가 부부가 있다. 제전(帝展, 국가에서 실시하는 미술 대회)을 목표로 하든 말든, 살롱에 야심이 있든 말든, 내 알 바 아니지만, 여름을 즐기는 그들의 모습은 퍽 아름답다.

해가 지면 어린 것과 캔버스를 수레에 싣고, 아내가 밀면 남편은 큰 아이를 어깨에 올려 목말을 태우고 긴 모래밭을 나란히 걸어간다. 편편(便便, 아무 불편 없이 편안함)하지 못한 말을 탄 아이는 아버지의 고수머리를 아파라 붙들고, 아내의 맨발에 걸친 하이힐 속으로는 모래가 솔솔 스며든다.

나는 이 풍경을 지극히 사랑한다. 그래서 바다를 생각할 때마다 가장 먼저 머릿속에 떠올리곤 한다. 만일 내가 화가라면 이를 주제로 한 폭의 그림을 그릴 텐데, 부족한 글솜씨로는 이것밖에 전할 수 없음이 매우 슬프다. 하지만 이는 화가 역시 마찬가지일 것이다. 거울 속의 자신을 비춰 보기 전까지는 그 자신이 얼마나 아름다운지 짐작조차 할 수 없으니 말이다.

리어카를 탄 주부

큰아이를 학교에 보내는 주부도 노란 수영복을 입고 붉은 수영 모자를 쓰니 스물 안팎의 소녀로밖에 보이지 않는다. 주부는 다리를 모래 속에 묻으면서 눈초리를 가늘게 뜬 채 걷는다. 허벅지, 팔다리, 기름 덩이 같은 가슴을 봐서는 안 된다. 수평선을 바라보며 맞장구치는 나의 몸 초리(어떤 물체의 가늘고 뾰족한 끝부분)는 새 다리처럼 가늘다.

아무리 용감하다고 해도 여자는 소극적이기 때문에 결코 먼저 나서는 법이 없다. 이와 관련해서 나는 상대의 적극성을 기다릴 뿐이라는 주부의 연애관에 대해서 들은 적이 있다. 그러므로 모래 속에 다리를 묻는 주부의 행동 역시 여자의 소극적인 표현으로 보는 것이 옳다고 생각한다.

영문 소설의 선택과 강독(講讀, 글을 읽고 그 뜻을 밝혀 풀이함)을 내게 청하는 그. 그는 책을 빌려 가고는 돌려주는 법이 없다. 또 밤에 찾아와서 진한 차를 얻어 마신 후에도 독한 노주(露酒, 이슬처럼 받아 내린 술이라는 뜻으로 '소주'를 달리 이르는 말)를 두 잔쯤 거뜬하게 마신다. 그리고 남편의 분부가 있을 때까지는 아무 일도 하지 않고 논다.

바다의 회화란 기억에 남지 않는 법이다. 문학 이야기를 즐기는 주부에게도 모래밭의 화제는 어지럽고 복잡하기 때문이다.

주부는 자전거를 타지 못하니 오 리의 길도 멀기만 하다. 더구나 수영 후의 피곤한 몸을 이리저리 저으며 뒤틈바리(어리석고 미련하며 하는 일이 찬찬하지 못한 사람을 낮잡아 이르는 말) 같이 걷기란 보기에도 우울할 뿐이다.

주부의 독창(獨創, 다른 것을 모방함이 없이 새로운 것을 처음으로 만들어 내거나 생각해 냄)에 나는 깜짝 놀랐다. 가게의 머슴이 타는 리어카는 채소를 싣는 것이요, 과일을 나르는 것이요—상품을 배달하는 것인 줄밖에 모르는 내 지혜가 좁다면 좁은 것일까. 궐녀(厥女, 말하는 이와 듣는 이가 아닌 여자를 이르는 3인칭 대명사)는 자신의 제안으로 동행(同行)하는 소년의 리어카에 오른 것이다. 다리를 드러낸 채 웅크리고 앉아 앞 손잡이를 쥐고 꽤 먼 길을 가는 동안 뭇사람의 시선에도 아랑곳하지 않고 조금도 거리낌 없이 흔들리며 달아나는 모습—

나는 그녀의 독창에 놀랐고, 아울러 그녀의 용기에 감동하였다. 방안에서는 여자의 소극성에 대해서 말하였지만, 벌판에서는 더없이 용감함을 나는 발견하였다.

나는 그녀의 노골적인 구애를 아직껏 듣지 않았음을 행복으로 여기고 앞으로 몸을 든든히 무장해야 함을 느꼈다.

__1935년 8월 《중앙》

바다로 간 동무에게

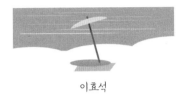

이효석

별 하는 일 없이 한여름을 거의 다 보내고 있습니다. 일도 일이거니와 올해는 바다에도 가지 못하고 산에도 오르지 못한 채 더운 한고비를 거리에서 지내게 되었습니다.

산이니 바다니 듣기만 해도 그리운 소리니, 피서라는 것을 일률로 심술궂게 조롱만 할 것은 아닌 것이, 한 철 동안 건강을 길러 새 힘으로 업을 남길 수 있다면, 이 역시 필요하고 중한 일이라고 생각합니다. 피서를 못 간 신세의 저로서도 바다에 가신 형을 굳이 원하고 게염내지(부러운 마음에 시새워 욕심을 지니거나 드러냄) 않는 까닭이 여기에 있습니다.

가을일을 위하여 부디 남은 여름 햇발을 알뜰히 몸에 받아 인도 사람처럼 새까맣게 타 오십시오. 바탕은 여전하더라도 빛이나 탐탁하게요. 빈약한 체질이라 하는 소리가 아닙니다. 남의 곱절 되는 몸을 가진 비대한(몹시 살이 쪄 뚱뚱한 남자)처럼 우둔하고 보기 흉한 존재는 없는 것 같습니

다. 곱절(배. 어떤 수나 양을 두 번 합한 만큼) 되는 육체를 채우려면 아무래도 생산
가치의 곱절을 소비하면 했지 덜하지는 않을 것이니 말입니다. 즉, 한사
람을 채우기에 곱절의 노동력이 들 것이니까 말입니다. 대체 한 사람에
게 얼마나 큰 육체가 필요하며, 얼마만큼의 식량이 필요해야 하는지, 이
것이 문제 고찰의 한 조그만 조각이 되리라고 생각합니다. 어떻든 비대
한이란 신통하게도 다 같은 세기의 한 유형인 것입니다.

피서는 못 갔다 할지라도 칠십 평 남짓한 주택 속에서 그다지 무덥게
는 지내지 않습니다. 뜰 앞뒤로 초목이 무성하고, 집에는 대문까지 합하
여 창과 문이 사십여 폭이 달렸습니다. 벽의 집이 아니고 창과 문의 집입
니다. 초목 속에 그윽하게 가려져 있는 창 안은 제법 부러울 것 없는 피서
장(莊, 별장)입니다. 원래 푸른 집인 데다가 겨우살이가 함빡(분량이 차고도 남
도록 넉넉하게) 덮쳐 붉은 지붕과 벽돌 굴뚝만을 남겨 놓고는 온통 새파란 겨
우살이의 집입니다. 푸른 널을 비스듬히 달고 가는 모기둥으로 고인 갸
우뚱한 현관 차양은 바로 산비탈에 선산장의 그것과도 흡사합니다. 이
른 아침 겨우살이 잎에 맺힌 흔한 이슬방울이 서리서리 모여, 아래 잎 위
로 뚝뚝 떨어지는 소리를 듣기란 산골짜기 물소리를 듣는 것과도 같아
금시에 시원한 산의 영기(靈氣, 신령스러운 기운)를 느끼게 됩니다.

집을 설계한 사람은 아마도 산을 무척 좋아한 사람인 듯합니다. 머루,
다래의 넝쿨 없음이 서운은 하나 드레드레(물건이 많이 매달려 있거나 늘어져 있는
모양) 열매 맺힌 포도 넝쿨로 대신할 수 있고, 바람에 포르르르 날리는 사
시나무 없음이 한이 되나 잎이 같은 탓으로 대추나무를 보고 만족할 수

있습니다. 동편으로는 기자릉 송림 위로 모란대와 을밀대가 우러러 보이고, 그 아래 깔린 벼밭이 보이고, 옆으로는 이제 막 익기 시작한 능금(사과) 밭이 보입니다. 서에는 거리의 한 부분과 풀밭과 그 위에 누운 소와 말과 아귀아귀(음식을 욕심껏 입안에 넣고 마구 씹어 먹는 모양) 풀을 먹는 염소가 눈에 띕니다. 뜰은 그림자 깊은 지름길만을 남겨 놓고 흙 한 줌 보이지 않게 화초에 덮였습니다. 장미와 글라디올러스와 해바라기는 한철 지났으나, 촉규화(접시꽃), 맨드라미, 반금초, 금잔화, 메꽃, 제비초, 만수국, 플록스, 달리아가 한창이며, 더욱이 봉선화와 양귀비, 채송화는 가장 화려하고 찬란합니다. 코스모스도 얼마 있지 않으면 피려니와 담장 밑 고목에 얽힌 울콩 꽃은 꽃다지(배춧과의 두해살이풀. 높이는 20~30cm이고 온몸에 짧은 털이 빽빽하게 난다)같이 다닥다닥 달려 한층 운치를 더해줍니다.

옥수수포기, 호박 넝쿨도 귀한 것이거니와 가지밭, 토마토 송이도 버리기 어려운 것입니다. 소나무, 벚나무, 버드나무, 회양목, 앵두나무, 대추나무, 능금나무, 배나무, 포도시렁 — 이 모든 것을 나는 얼마나 사랑하고 끔찍이 하는지 모릅니다. 그것은 모두 나와 같이 살아가며 나의 생활과 함께 뜻있는 것입니다. 한 포기 한 잎사귀가 나의 살이요, 피입니다.

나는 옷을 벗고 잠방이(가랑이가 무릎까지 내려오도록 짧게 만든 홑바지) 하나만을 걸치고 그 초목 속에 묻혀 그들과 완전히 동화되기를 원합니다. 다만, 그 마지막 잠방이까지를 벗어 버리지 못하는 사람 된 비애를 불서럽게(몹시 서러움) 여길 뿐입니다. 초목은 벌거숭이의 나와 함께 즐겨하며 뭇(많은) 감정을 나눕니다. 뜰의 초목은 완전히 풀밭과 나를 위해서 있는 것 같습니다. 마음이 한없이 즐겁고 뛰놀 제는, 그러므로 시절을 따라 변하는 초목과 함께 나의 표정과 감정도 잎사귀처럼 변해갑니다. 가을바람이 불기 시작하여 초목이 물들기 시작하고 시들어 가려 할 때 나의 마음은 얼마나 애달파질지 짐작할 수 있습니다. 남쪽 창에 그득 차 있는 오늘 이 화려한 뜰의 내일을 생각할 때, 나의 마음은 벌써 서글프게 물듭니다. 뼈를 에는 듯한 노스탤지어를 느끼게 되는 것도 이럴 때입니다.

나같이 슬픈 인간—슬픔을 많이 느끼는 인간도 거의 없을 듯합니다. 나뭇잎의 동정에도 눈물질 때가 있고, 역에서 흘러오는 기적 소리에도 마음이 스산할 때가 있습니다. 안정할 바를 모르고 늘 떠 있는 넋입니다. 사실 글자 그대로 마음의 고향이 없어요. 오늘 이 아늑한 집 속에서 초목과 함께 마음을 잡고 있으나 나뭇잎이 날리기 시작하는 날 마음 또한 지향 없이 날아갈 것입니다. 그 어느 다른 모르는 곳에 그리운 사람이 있고, 그리운 곳이 기다릴 것만 같습니다. 막상 그곳에 다다르면 도리어 이곳이 그리워지고, 그리운 사람은 가장 가까운 곳에 있음을 비로소 알게 될지도 모릅니다. 그러나 그것과 이 그지없는 마음의 방랑과는 늘 어긋나는 것입니다.

꿈을 찾아 정처 없이 내닫고 싶은 마음, 한정 없이 간 곳에 필연코 찾는 꿈이 있으려니 짐작됩니다. 혹 없을지도 모르지요. 그 잃어버린 꿈을 생각하고, 그 무엇이 늘 부족한 현재를 생각할 때 마음은 마치 벌레 소리가 일시에 자지러지게 울리듯 금세 왈칵 서글퍼지며 눈물이 빼짓이(살그머니 모습을 내미는 모양, 조금씩 스며 나오는 모양) 솟습니다. 그것은 음악의 마지막 마디

가 사라졌을 때와도 같이, 마지막 손님의 발소리가 문밖에 멀어졌을 때와 같이 애달프기 그지없습니다. 사람이란 천상('천생'의 잘못. 이미 정하여진 것처럼 어쩔 수 없이)에 외로운 물건입니다. 외로운 속에서 모두 각각 자기의 꿈을 껍질 속에 싸가지고 궁싯궁싯(어찌할 바를 몰라 이리저리 자꾸 머뭇거리는 모양) 서글픈 평생을 보내는 것입니다.

밤이면 벌써 벌레 소리가 제법 어지럽습니다. 가을 벌레 소리처럼 창자를 끊는 것은 없습니다. 먼 생각에라도 잠길 때면 구슬픈 벌레 소리가 가슴속을 암팡지게(힘차고 다부진 모양) 파고듭니다. 침대 마구리(길쭉한 물건의 양쪽 머리 면)를 붙들고 엉엉 울고 싶을 때조차 있습니다. 그럴 때의 심회(心懷, 마음속에 품고 있는 생각이나 느낌)란 첫사랑에 우는 어린 가슴과도 같습니다. 그러나 소년 시대의 감상 이상의 그 무엇 ─ 태고(太古, 아주 먼 옛날) 때부터 사람의 생활을 꿰뚫는 일종의 안타까운 심사가 가슴을 쥐어뜯는 것입니다. 현실과 꿈 사이에 거리가 있고 그 거리가 영원히 좁혀지지 않는 한 이 심사는 사라지지 않을 것입니다. 사람은 갖가지 욕심과 감정을 이럭이럭(이럭저럭. 정한 방법이 따로 없이 이렇게 저렇게 되어 가는 대로) 정리할 수 있는 것이나 ─ 가령, 노여움의 감정과 기쁨의 감정 등은 각각 적당한 방법으로 정리할 수 있지만, 슬픔의 감정만은 알맞게 정리하기가 거북하고 어려운 듯합니다. 감정 중에서도 가장 아름다운 이 감정 ─ 슬프니까 아름답다고밖에 말할 수 없으나 ─ 늘 사람은 하는 수 없이 가슴을 빠지지(마음이 매우 안타깝게 타는 모양) 태우고 가만히 눈물을 흘리면서 실마리가 진할 때까지 그대로 참고 받아들이는 수밖에는 없습니다. 그밖에 어쩔 수 없는 것입니다.

오늘 밤에도 벌레 소리는 요란한 것 같습니다. 청명한 날 밤에는 이슬이 많고, 이슬 젖은 밤에는 벌레 소리가 요란하니 말입니다. 책상 앞에서 불을 돋우고 앉아 있자니 얼마나 마음이 쓸쓸할지 모릅니다. 이 푸른 집을 떠나 마음은 한결같이 다른 푸른 집을 구하는 것입니다. 그것이 어디 있는지는 물론 모릅니다. 책상 앞을 그리는 마음과 창 너머 푸른 하늘을 그리는 모순된 이 두 마음. 책상은 탐탁하나 푸른 하늘은 찬란한 눈앞의 꽃밭보다도 더한층 매력 있는 것을 어찌하겠습니까. ― 가을인 까닭입니다.

가을의 글이란 산만하고 두서없이 ― 마치 걷잡을 수 없는 마음의 꼬리와도 흡사합니다. 슬픔의 명제를 말하고자 하였으나 생각의 실마리는 마음의 꼬리와 함께 푸른 하늘 너머로 사라져 버렸습니다. 해가 기우니 뜰 앞 초목은 한층 더 신선해 보입니다. 붉은 꽃은 반대로 어두워지고요. 이것은 아름다운 조화라고 생각됩니다. 창밖 벚나무 가지에 참새 한 마리가 날아와 갸우뚱거리며 잎사귀를 쪼읍니다. 팔만 뻗으면 닿을 만큼 짧은 거리임에도 참새는 나를 돌아다보지 못합니다. 나와 참새 사이에 철사망의 덧창이 가려 있는 까닭입니다. 그러나 나는 참새의 거동을 지척(咫尺, 아주 가까운 거리) 눈앞에 손에 잡을 듯이 내다보는 것입니다. 나는 문득 한 토막의 암시를 발견합니다. 창밖 꿈을 나는 손에 잡을 듯이 내다보지만 꿈은 나를 바로 들여다보지 못합니다. 여기에도 한 토막의 서글픔이 있습니다. 가을은 이처럼 안타깝습니다.

바다에 계신 까닭에 뜰 이야기를 많이 적었으나, 도회로 돌아오시면 거리의 이야기를 써 보내지요. 부디 남은 날 즐기시다 건강한 몸으로 돌아오십시오. 조수(밀물과 썰물을 통틀어 이르는 말) 냄새와 파도 소리를 그리면서 붓을 놓습니다.

__1936년 10월 《조광》

해변단상

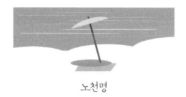

노천명

넓은 바다, 푸른 물결이 그리워 바다를 찾았다. 아우성치는 세상을 떠나, 하얀 명주 모래 위에 7월의 푸른 하늘과 새파란 바다를 벗 삼고, 고단한 나의 영(靈, 영혼)을 대자연 속에 자유롭게 놓아주었다.

푸른 물, 흰 모래, 새빨간 해당화⋯. 이 모든 것은 고달픈 나의 마음에 평온한 안식을 가져다준다. 그윽하고 인자한 대자연의 품을 떠나, 나는 왜 그 거리를 다리 아프게 헤매어 무엇을 얻었을까. 진실이 진실을 맺는다는 것은 거짓이요, 선이 선을 낳는다는 것 역시 믿지 못할 말이란 것밖에, 내가 깨달은 것은 없다. 선한 싸움을 하다가 "낙심하지 마라. 때가 되면 거두리라."는 그이의 말씀을 그대로 끝까지 믿어야지. 때가 아직 멀었다고는 하지만, 내 영혼이 지칠 때까지 나는 이 싸움을 계속해야 할 것이다.

밀려들었다 밀려 나가는 물결은 물가의 모래를 말없이 씻어낸다. 그 누구의 발자국인고? 물결에 씻겨 없어지네. 인생이란 결국 물가의 모래 위에 써 놓고 가는 허무한 기록인가. 하지만 그것은 바닷물에 씻기고 또 씻기는 동안 흔적도 없이 사라지고 말 것이다. 그런 것을 우리는 좀 더 크게, 좀 더 길게 써 놓고 가려고 애쓰며 허덕이고 있지 않은가. 그리고 울며 웃는 인간들—이 세상은 가면무도회! 너도, 나도, 그도, 저도 탈바가지를 쓴 채 춤을 춘다. 그중 탈바가지를 가장 잘 쓴 자만이 결국 성공한다는구나.

모래 물을 스쳐 내리는 그윽한 물소리, 신비한 침묵의 속삭임이여! 넓고 둥근 이 하늘 밑에서 사람들은 왜 공평하지 못하며, 넓고 넓은 저 바다를 보는 이 마음은 왜 저처럼 넓지 못한가? 발부리에 한 포기 새빨간 해당화! 이 아름다운 꽃을 보는 이 마음은 왜 그처럼 아름답지 못하며, 보드랍고 순결한 흰 모래를 사랑하는 네 마음은 왜 이다지도 거칠고, 그처럼 순결하지 못하단 말인가? 인간의 어떤 채찍도, 어떠한 형벌로도 감히 나를 울리지 못할 것을, 말 없는 대자연에 내 영이 접할 때 떨어지는 눈물을 나는 어찌할 수 없다.

나는 모래 위에 참 진(眞) 자를 쓰고는 닦고 또 닦고 또다시 써 보았다. 모든 것이 의문이다. 영원한 의문이다. 그렇다면 여러 개의 작은 의문표를 한 큰 의문표로 나타낸 것이 인생이런가.

해가 지는 줄도 몰랐더니, 어느덧 바다 위에는 두둥실 달이 떴다. 반짝이는 별님은 용궁의 아가씨들을 꾀어내려고 새파란 눈을 깜박거린다. 무거운 침묵에 바다도 잠기고, 해당화의 새파란 꿈도 깊어 가는데, 물가 갈매기의 구슬픈 소리는 이름 모를 객의 심사를 속절없이 돋우어준다.

__**발표 연도 미상**

눈부시게 하얀 얼음 위에 유리처럼 맑고 붉은 딸깃물이

국물을 지울 것처럼 젖어있는 놈을

언제까지나 들여다보고만 있어도 시원할 것 같은데,

그 새빨간 것을 한술 떠서 혀 위에 살짝 올려놓아 보라.

사랑하는 이의 보드라운 혀끝 맛 같은 맛을 얼음에 채운 맛!

옳다! 그 맛이다.

Part 2

여름의 맛

여름의 미각

계용묵

여름은 채소를 먹을 수 있어서 좋다. 시금치, 상추, 쑥갓, 쌈… 얼마나 미각을 돋우는 채소들인가. 새파란 기름이 튀어지게 살쩐 싱싱한 이파리를 마늘 장에 꾹 찍어 아구아구(아귀아귀. 음식을 욕심껏 입안에 넣고 마구 씹어 먹는 모양) 씹는 맛, 더욱이 그것이 찬밥일 때는 더할 수 없는 진미가 혀끝을 한층 돋운다.

그러나 같은 쌈, 같은 쑥갓이라도 서울에서 난 것은 흐뭇이 마음을 당김이 적다. 팔기 위해 다량으로 뜯어다 쌓은 것도 모자라 며칠씩 묵혀 가며, 더욱이 시드는 것을 막기 위해 억지로 물을 뿌려 빛을 내기 때문이다. 그러니 미각(味覺, 맛을 느끼는 감각) 역시 동할 리 없다. 여름이 아니고는 이런 것이나마 맛볼 수 없기는 하지만 싱싱한 채정(採精, 채소 고유의 빛)이 다 빠지고, 제빛을 잃어가는 빈약한 이파리가 아무래도 비위에 거슬린다. 그래서 최근 이삼 년은 쌈이 그리운 여름이 와도 좋아하는 쌈 한 번 마음 가득히 먹어 보지 못했다.

언제나 시골에서처럼 채소밭에다가 푸른 식량을 한 밭 가득 심어 놓고, 뱃속까지 새파랗게 물들 것처럼 싱싱한 정기가 듬뿍 담긴 그 푸성귀를 아귀아귀 씹어 먹어 볼는지—

아내 역시 그것이 무척 그리운 모양으로 가게에서 사 오는 것보다 어떻게 하면 좀 더 생기가 돌게 해서 만들어 먹을지 고민하는 듯하다. 한 번은 파를 사다가 유난히 좁은 마당 한쪽 물독 옆에다 서너 포기를 꽂아 놓고 물을 주어 키우기도 했다.

그것을 고향에서 온 손님이 보고는

"저게 채원(菜園, 채소밭)인가?"라고 해서 우리는 누가 먼저랄 것도 없이 큰소리로 웃은 적도 있다. 그러고 보면 그런 것에 구애받지 않고 사는 시골 생활이 무척 그립다.

우리 집 마당이 얼마나 좁은지 여기에 평수를 구체적으로 따져 밝히기보다 좋이 설명해주는 일화가 하나 있다.

작년 봄이었다. 시골에서 입학시험을 치르기 위해 올라와 있던 여학생 하나가 마당 한복판에 서서 사방을 두루 살피더니 "여기 마당은 어디 있어요?"라고 해서 나와 아내가 웃음을 참지 못한 일이 있다. 그 정도면 우리 집 마당의 크기가 어느 정도인지 가히 짐작할 수 있을 것이다. 그러니 채소를 직접 길러 먹는 것을 좋아하는 아내에게는 얼마나 답답할까. 그래서인지 아내는 가끔 파 다섯 포기밖에 심을 수 없는 마당을 기웃거리며 이렇게 말하곤 했다.

"뒤꼍에 있는 바위 위에라도 흙을 좀 사다 붙고 쌈 같은 것을 심을 순 없을까요?"

"그럼, 장독은?"

"장독 옆으로 말이에요."

"그럴 바에야 사다 먹는 게 차라리 싸지."

"그래도요—"

아내는 되건 안 되건 한 번 시험이라도 해봤으면 하는 심정이었다.

그러나 바위 위에다 흙을 덮으려면 적어도 한 자(길이를 재는 단위로, 한 자는 30.3cm) 두께는 덮어야 한다. 그 정도면 흙이 한 마차(馬車, 수레 한 대 정도의 양)는 필요한데, 한 마차면 사 원이니 그리 큰돈은 아니다. 하지만 장마를 한 번 겪고 나면 꼭 사태(沙汰, 비로 인해 언덕이나 산비탈이 무너지는 일)가 나고, 결국 그 흙을 쳐내는 인부 삯까지 계산해야 한다. 그러니 아내의 심경을 모르는 바는 아니지만, 굳이 그럴 필요가 있겠냐는 생각이 들었다. 이에 아내에게 이를 자세히 설명해줬더니 더는 아무 말도 하지 않았다. 대신, 마당귀의 파 다섯 포기에만 마음을 기울였다. 그 결과, 최근 들어 한 포기 더 늘어 여섯 포기가 담 밑에서 새파랗게 자라며 반찬의 양념 역할을 톡톡히 하고 있다. 하지만 가게에서 사 오는 시들은 백채(白菜, 배추)에는 아무리 신선한 파가 들어간들, 결코 그 맛을 돋우지 못한다. 그렇다고 모처럼 애쓰고 키워서 만든 김치를 맛이 없다고 할 수도 없어서 잠자코 먹기는 하지만, 결국 아내의 손만 더 분주하게 만드는 셈이다.

겨울밤, 찬밥에다 동치미를 썰어 비빈 그 기운찬 맛, 미미각(美味覺, 최고의 맛)의 여성적인 가을 과실, 고사리 같은 맛있는 갖가지 봄나물 등 철마다 미각의 대상이 계절을 자랑하지 않는 것이 없다. 하지만 내게는 여름철의 그것보다 못하다.

먹는 데도 역시 그 운치가 반은 더 미각을 돋운다. 그러다 보니 수박은 다락 위에서 꿀을 부어 한가히 먹어야 제맛이며, 참외는 거적문(문짝 대신에 거적을 친 문)을 들치고 들어가는 원두막 안에서 먹어야 제맛이 난다. 그런 것을 서울에서는 밭에서 따다가 억지로 익힌 속이 곯은 놈을, 그것도 마루 위에서 먹으니 제맛이 날 리 없다.

이즈음, 한참 수박과 참외를 수레에 가득 싣고 다니며 사라고 외치는 소리가 들리곤 한다. 하지만 쑥갓이나 쌈과 마찬가지로 내 비위를 흐뭇이 움직이진 못한다.

"생선 사게?"

내가 채소를 맛없어하니, 아내가 생선 장수를 불러 세운 모양이다.

"차라리 오이를 사지, 그래?"

"글쎄, 싱싱한 게 있어야지요."

"그럼, 시장이라도 한번 가 보던가."

"아까도 내려가 봤는데, 좋은 게 없어요."

결국, 오늘도 김치다운 김치는 먹지 못했다.

_1942년 5월 《매일신보》

수박

계용묵

입맛에 따라서 제각기 다르겠지만, 여름 과일로는 아무래도 수박만 한 것이 없다. 맛으로 친다고 해도 수박은 참외나 다른 그 어떤 과일에 절대 밀리지 않는다. 생긴 품위로 봐도 마찬가지다. 어떤 과일도 수박을 따르지 못한다. 그 중후한 몸집에 대모(玳瑁, 바다거북의 등딱지) 무늬의 엄숙하고 점잖은 빛깔이 교양과 덕을 높이 쌓은 차림새 같은 고상한 인상을 주기 때문이다. 또한, 감미로운 맛을 새빨갛게 가득 지닌 그 속살은 교양과 덕의 상징이라고 할 수 있다. 새빨갛게 속이 물드는 과일이 어디 수박뿐이랴 만, 수박의 그것은 다른 과일의 그것에 비해 빛의 성질부터가 다르다. 천진(天眞, 꾸밈이나 거짓이 없이 자연 그대로 깨끗하고 순진함)에 가까울 만큼 순한 빛이요, 연한 살이다. 따라서 자연에서 나는 제품 가운데 수박이야말로 가장 예술적인 제품이라고 할 수 있다.

내가 수박을 좋아하는 것도 실은 이 예술적인 풍미에 있다. 그래서 나는 수박을 미각으로만 즐길 것이 아니라 시각으로도, 취미로도 즐기고 싶어 시골에서 살 때 채원(菜園, 채소밭)에다가 수박을 손수 심고 가꾸며 어루만진 적도 있다. 하지만 하나의 예술이 완성되기까지 수많은 노력이 필요하듯 수박을 가꾸는데도 여간 많은 노력이 필요한 것이 아니었다. 재배법을 들여다보며 꼭 그대로 하는데도 제대로 자라지 않기 때문이다. 참외는 맺히기만 하면 그 결실을 볼 수 있건만, 수박은 그렇지 않았다. 맺혔다가도 곧잘 떨어지고, 한창 크다가도 밑자리가 위태로워 그것을 바로잡으려고 손만 좀 대도 금방 손 냄새를 맡고는 앓곤 한다. 자연 이외의 접촉은 일절 허락하지 않는 것이다. 그러니 수박이야말로 자연이 준 지조를 충실히 지키는 과일이라고 할 수 있다.

이런 고상한 의지를 지니고 있는 것만으로도 수박은 탐나는 미각의 대상이 아닐 수 없다. 하물며 달고 시원하면서도 그 깨끗한 맛이란 여름 과일 그 어느 것과도 비교할 수 없다. 적당히 익어서 땅바닥에 닿았던 부분이 누렇게 되고, 두들겨 봐서 북소리가 나는 놈만 골라 들면, 그야말로 여름이 아니고는 절대 맛볼 수 없는 일미 중의 일미다. 그러나 시장에 나와 있는 것 중에는 그런 게 쉽게 눈에 띄지 않는다. 돈벌이를 위해 다량 생산하고, 인공을 가해 자연을 모독해서 성숙시킨 까닭이다. 그러다 보니 수박 본래의 맛 역시 나지 않는다. 심지어 속을 붉게 만드느라 채 자라지 않은 작은 과일에 붉은 물감 주사를 놓은 것도 많다고 하니, 어쩌면 한평생 수박의 제맛을 모르고 지나는 사람도 적지 않을 것이다.

4천여 년의 역사를 가지고 오랜 세월을 내려오며, 시인의 흥을 돋우고,

만인의 입에 오르내리는 수박. 오늘에 와서 그 맛이 이렇게 변질이 되고 만다는 건 여름의 미각을 위해서도 슬픈 일이 아닐 수 없다.

__1949년 7월 《국도신문》

수박

최서해

"싸구려, 싸구려! 수박이 싸구려! 한 통에 오 전, 두 통에 십 전! 맛있는 수박이 싸요!"

수박 장수가 집 앞을 지나간다.

땀에 젖은 수박 장수의 목소리가 터덜터덜 거리는 손수레 바퀴 소리와 묘한 조화를 이루고 있다. 동시에 벌겋게 달아오른 석양(夕陽, 해가 질 무렵) 공기를 흔들며 활기를 띠었다.

그 소리는 우리 집 앞에 와서 뚝 그쳤다. 그러더니, 곧이어 아까보다 더 큰 소리가 들려왔다.

"싸구려, 싸구려! 수박이 싸구려! 한 통에 오 전, 두 통에 십 전! 맛있는 수박이 싸요!"

여름이 다 가고, 가을 기운이 들도록 수박 맛을 보지 못한 나는 서둘러 밖으로 나갔다. 수박의 진하고 서늘한 향기가 뜨거운 석양에 땀투성이가 된 나를 밖으로 이끈 것이다. 하지만 나만 그런 것은 아니었던 모양이다. 어른아이아이 할 것 없이 많은 사람이 이미 수박 장수 주위에 모여 있었기 때문이다.

수박 값을 치르고 수박 두 통을 받아든 나는 집에 오자마자 수박 꼭지를 땄다. 큰놈은 속이 불그데데하고, 작은놈은 새빨갛게 익은 것이 입맛을 절로 자극했다.

우리는 그것을 맛있게 먹기 위해 제일 잘 익은 놈 속에 설탕과 소주를 부어 넣고 다시 제 꼭지를 꼭 덮어서 물 항아리 속에 집어넣었다. 하지만 수박은 중심을 잡지 못하고 이리저리 돌며 똑바로 서질 못했다. 할 수 없이 바가지 가득 얼음을 채운 후 그 안에 수박을 담아서 물 항아리 속에 다시 띄웠다. 그제야 이 사람 저 사람의 혜고(惠顧, 은혜를 베풀어 잘 돌보아 줌)를 기다리며 이리저리 돌던 수박은 중심을 잡았고, 우리는 만곡(萬斛, 많은 양)의 양미(涼味, 서늘하거나 시원한 맛)을 즐길 수 있게 되었다.

우리는 덜 익은 놈으로 급히 해갈한 후 마루에 드러누워 땀을 들이다가 그만 낮잠이 들고 말았다. 한참 후 눈을 떠보니, 어느새 석양이 마당에서 자취를 감추고, 아까는 없던 서늘한 바람이 간간이 불어와 맑은 정신을 깨우기 시작했다. 그러나 누구도 항아리에 채여 놓은 수박 생각은 하지 못했다. 그러다가 저녁을 짓기 위해 부엌으로 들어갔던 아내가 잊고 있던 기억을 일깨웠지만, 모든 것이 이미 파의(破矣, 파괴됨)된 뒤였다. 일엽빙주(一葉氷舟, 작은 나뭇잎 같은 얼음 배)에 갖은 정성을 들여서 실어 놓았던 수박은 의외의 풍랑을 만나 참몰(慘沒, 참혹하게 가라앉음)된 채 꼭지와 몸통이

따로 떠돌고 있었을 뿐만 아니라 바가지 역시 엎어져 있었다.

　항아리 속에 물이 가득 찬 것을 보니, 물장수가 다녀간 게 틀림없었다. 우리가 자는 사이에 들어와서 무심코 물을 부어 놓은 것이다. 쏟아져 내리는 굵은 물줄기에 수박이 어찌 견디었으랴. 수박은 물론 물도 버리고 말았다.

　항아리 속을 들여다보던 나는 향긋하고도 시원한 수박 맛을 상상하며 은근히 침을 삼키던 조금 전의 내 모습이 떠올라 한바탕 웃음을 짓고 말았다. 그와 함께 운명의 불역가도(不可逆睹, 앞일을 내다볼 수 없음)를 다시금 느끼지 않을 수 없었다.

＿1928년 《조선일보》

빙수

방정환

기왓장이 타고 땅바닥이 갈라지는 듯싶은 여름 낮에 시커먼 구름이 햇볕 위에 그늘을 던지고 몇 줄기 소낙비가 땅바닥을 두드려 주었으면 적이 살맛이 나련만 그것이 날마다 바랄 수 없는 것이라 소낙비 찾는 마음으로 여름 사람은 얼음집을 찾아드는 것이다.

"엣—쓰 꾸리잇(아이스크림)! 에이쓰 꾸리잇(아이스크림)!"

얼마나 서늘한 소리냐. 바작바작(물기가 적은 물건이 타들어 가는 소리. 또는 그 모양) 타드는 거리에 고마운 서늘한 맛을 뿌리고 다니는 그 소리, 먼지 나는 거리에 물을 뿌리고 가는 자동차와 같이, 책상 위 어항 속에 헤엄치는 금붕어같이 서늘한 맛을 던져주고 다니는 그 목소리의 임자에게 사 먹든지 안 사 먹든지 도회지에 사는 시민은 감사해야 한다.

그러나 얼음의 얼음 맛은 아이스크림보다도, 밀크셰이크보다도 써억써억 갈아주는 '빙수'에 있다. 찬 기운이 연기처럼 피어오르는 얼음덩이를 물 젖은 행주에 싸쥐는 것만 봐도 냉수에 두 발을 담그는 것처럼 시원하지만, 써억써억 소리를 내면서 눈발 같은 얼음이 흩어져 내리는 것을 보기만 해도 이마의 땀쯤은 금방 사라진다.

눈부시게 하얀 얼음 위에 유리처럼 맑고 붉은 딸깃물이 국물을 지울 것처럼 젖어있는 놈을 언제까지나 들여다보고만 있어도 시원할 것 같은데, 그 새빨간 것을 한술 떠서 혀 위에 살짝 올려놓아 보라. 달콤하고 찬 전기가 혀끝을 통해 금세 등덜미로 쪼르르르 달음질해 퍼져가는 것을 눈으로 보는 것처럼 분명히 알 것이다. 빙수에 바나나 물이나 오렌지 물을 처먹는 이도 있지만, 얼음 맛을 정말 고맙게 해주는 것은 역시 새빨간 딸깃물이다.

사랑하는 이의 보드라운 혀끝 맛 같은 맛을 얼음에 채운 맛! 옳다! 그 맛이다. 그냥 전신이 녹아 아스러지는 것처럼 상긋하고도 보드랍고 달콤한 맛이니, 어리광부리는 아기처럼 딸기라는 얼음물에 혀끝을 가만히 담그고 두 눈을 스르르 감는 사람이야말로 참말 빙수 맛을 향락할 줄 아는 사람이다.

경성(京城) 안에서 조선 사람의 빙숫집치고 제일 잘 갈아주는 집은 내가 아는 범위에서는 종로 광충교 옆에 있는 환대상점이라는 조그만 빙수 점이다. 얼음을 곱게 갈고 딸깃물을 아끼지 않는 것으로도 분명히 이 집이 제일이다. 안국동 네거리 문신당 서점 위층에 있는 집도 딸깃물을 아끼지 않지만, 그 집은 얼음이 곱게 갈리지 않는다. 별궁 모퉁이의 백진당 위층도 좌석이 깨끗하긴 하나 얼음이 곱기로는 이 집을 따르지 못한다.

얼음은 갈아서 꼭꼭 뭉쳐도 안 된다. 얼음 발이 굵어서 싸라기를 혀에 대는 것 같아서는 더구나 못 쓴다. 겨울에 함빡 같이 쏟아지는 눈발을 혓바닥 위에 받는 것처럼 고와야 한다. 길거리에서 파는 솜사탕 같아야 한다. 뚝—떠서 혀 위에 놓으면 아무것도 놓이는 것 없이 서늘한 기운만, 달콤한 맛만 혀 속으로 스며들어서 전기 통하듯이 가슴으로 배로 등덜미로 팍 퍼져가야 하는 것이다. 그리고 그 시원한 맛이 목덜미를 식히는 머리 뒤통수로 올라가야 하는 것이다. 그러는 동안 옷을 적시던 땀이 소문 없이 사라지는 것이다.

시장하지 않은 사람이 빙숫집에서 지당가위나 발풀과자(쪄서 말린 찹쌀을 볶아 깨, 호도 등을 넣고 물엿이나 설탕으로 굳힌 것)를 먹는 것은 결국 얼음 맛을 향락할 줄 모르는 소학생이거나 시골에서 처음 온 학생이다. 얼음 맛이 부족하거나 아이스크림보다 못하다는 생각이 든다면 빙수 위에 달걀 한 개를 깨뜨려 저어 먹으면 족하다. 딸기 맛이 옅어지니 아무나 그럴 일은 못 되지만…

효자동 꼭대기나 서대문 밖 모화관에 가면 우박 같은 얼음 위에 노랑물, 파란 물, 빨강 물을 나란히 쳐서 색동 빙수를 만들어주는 집이 몇 집 있으니, 이것은 내가 먹는 것이 아니라 해도 가엾어 보이는 짓이다. 그러나 삼청동 올라가는 소격동 길에 있는 야트막한 초가집은 딸깃물도 아끼지 않지만, 건포도 네다섯 개를 얹어주는 것도 싫지만은 않다. 때려주고 싶게 미운 것은 남대문 밖 봉래동과 동대문 턱에 있는 빙숫집에서 딸깃물에 맹물을 타서 부어주는 것하고, 적선동 신작로 근처 집에서 누런 설탕을 콩알처럼 덩어리진 채로 넣어주는 것이다.

빙숫집은 그저 서늘하게 꾸며야 한다. 싸리로 울타리를 짓는 것도 깨끗한 발을 치는 것도 모두 그 때문이다. 조선 사람의 빙숫집이 자본이 없어서 초가집 두어 칸 방인 것은 할 수 없는 일이지만, 안국동 네거리나 백진당 위층같이 좁지 않은 집에서 상위에 물건 궤짝을 놓아두거나 다 마른 나뭇조각을 놓아두는 것은 무슨 까닭이며, 마룻바닥에 물 한 방울 못 뿌리는 것은 무슨 생각인지 이해하기 어려운 일이다. 더구나 조그만 빙숫집이 그 무더운 뻘건 헝겊을 둘러치는 것은 무슨 고집이며 상위에 파리 잡는 끈끈이 약을 놓아두는 것은 어떤 하이칼라인지 짐작 못 할 일이다.

__**1929년 8월 《별건곤》**

냉면

김남천

'냉면'이라는 말에 '평양'이 붙어서 '평양냉면'이라야 비로소 격에 맞는 말이 되듯이, 냉면은 평양의 대표적인 음식이다. 언제부터 이 냉면이 평양에 들어왔으며, 언제부터 냉면이 평안도 사람들의 입맛과 기호에 맞는 음식이 되었는지는 나 같은 무식쟁이로서는 알 수도 없거니와 알고 싶지도 않다.

어린 시절 우리가 냉면을 국수라고 하여 비로소 입에 대게 된 것을 기억하는 평안도 사람은 극히 드물 것이다. 나도 그중 한 사람이다. 밥보다도 아니, 쌀로 만든 음식보다도 일찍 나는 이 국수 맛을 알았을지도 모른다. 어머니의 등에 업힌 채 어른들의 냉면 그릇에 여남은 가닥 남은 국수오리(국숫발), 즉 메밀로 만든 이 음식을 서너 개 있을까 말까 한 이로 끊어서 삼킨 것이 아마도 내가 냉면을 입에 대본 첫 기억일 것이다. 하지만 젖먹다 뽑은 작은 입으로 이 매끈거리는 국수오리를 감물고(입술을 감아 들여서 꼭 묾) 쭐쭐 빨아올리던 기억이 있는지 없는지조차 가물가물하다. 누가 마을에 올 때 점심이나 밤참으로 반드시 이 국수를 먹던 것을 나는 겨우 기억할 따름이다. 잔칫날, 즉 약혼하고 편지 부치는 날과 예물 보내는 날, 장가가는 날, 며느리 데려오는 날, 시집가고 보내는 날, 장가 와서 묵고 가는 날에 이르기까지, 언제나 이 국수가 출동했다. 그밖에도 환갑날, 생일 날, 제삿날, 장례식 날, 길사, 경사, 흉사에도 냉면이 나왔다.

특이한 것은 이 국수를 때로는 냉면으로, 때로는 온면으로 먹었다는 것이다. 심지어 정월 열나흘 작은 보름날에 이닭기엿, 귀밝이술과 함께 수명이 국수오리처럼 길어야 한다고 '명길이국수(국수가 길듯이 오래 살 수 있다는 뜻에서 해 먹던 국수)'라 이름 지어서까지 냉면 먹을 기회를 만들었다. 지금 생각하면 평안도 사람의 단순하고 담백한 식도락을 추상(抽象, 여러 가지 사물이나 개념에서 공통되는 특성이나 속성 따위를 추출하여 파악함)할 수 있어 매우 흥미롭다.

속이 클클한(뱃속이 좀 빈 듯하고, 목이 텁텁하여 무엇을 시원하게 마시거나 먹고 싶은 생각이 있음) 때라든지, 화가 치밀어 오를 때 화풀이로 담배를 피운다든지, 술을 마신다든지 하는 일은 흔히 있는 일이지만, 이럴 때 국수를 먹는 사람의 심리는 평안도 태생이 아니고는 좀처럼 이해하기 힘들 것이다. 도박에 져서 실패한 김에 국수 한 양푼을 먹었다는 말이 우리 시골에 있다. 이렇게 될 때 이 국수는 확실히 술 대신이다.

나처럼 술잔이나 다소 할 줄 아는 사람도 속이 클클한 채 멍하니 방안에 처박혀 있다가 불현듯 냉면 생각이 나서 관철동이나 모교 다리 옆을

찾아갈 때가 드물지 않다. 그럴 때 거리에서 친구를 만나,

"차나 마시러 갈까?" 하면,

"여보, 차는 무슨 차, 우리 냉면 먹으러 갑시다."

하고, 앞장서서 냉면집을 찾았다.

모든 자유를 잃고, 음식 선택의 자유까지 잃었을 경우, 항상 애끓는 향수같이 엄습하여 마음을 괴롭히는 식욕의 대상은 우선 냉면이다. 그러고 보면 냉면이 우리에게 주는 은연함(겉으로 뚜렷하게 드러나지 아니하고 어슴푸레하며 흐릿함)은 매우 크다고 할 수 있다.

한방의(韓方醫, 한의사)는 "냉면은 몸에 백해(百害, 온갖 해로운 일)는 있을지언정 일리(一利, 한 가지 이로움)도 없는 음식"이라고 말한다. 그것이 맞는지 틀렸는지는 알 길이 없다. 하지만 보약 같은 것을 복용할 때 금기 음식의 하나로 메밀로 만든 냉면이 들어가는 경우가 많은 것은 주지의 사실이다. 국수를 먹고 더운 구들(방)에서 잠을 자고 나면, 얼굴이 푸석푸석 붓고, 목이 칼칼하여 기침이 나는 것도 사실이다. 그렇게 볼 때 냉면은 우리 몸에 해로운 것인지도 모른다.

국수물, 다시 말해 메밀 숭늉은 이뇨제 역할도 한다. 트리펠('임질'을 뜻하는 독일어) 같은 걸 앓는 이가 냉면에 돼지고기나 고추, 파, 마늘이 많이 들어간 것은 꺼리지만, 냉면 먹은 뒤 더운 국수물을 청해 한 사발씩 서서히 마시고 앉아 있는 것은 바로 이 때문이다. 그 이유를 그들에게 은근히 물어보면, 그것을 먹은 이튿날은 어떤 고명한 이뇨약보다 효과가 좋다고 한다.

냉면은 물론 메밀로 만든다. 메밀로 만든 국수는 사려(동그랗게 포개어 감음) 놓고 십여 분만 지나면 자리를 잡는다. 또 물에 풀면 산산이 끊어진다. 시골 외에는 순수한 메밀로 만드는 국수는 극히 적다. 국숫발이 질기고 끊어지지 않는 것은 소다(탄산나트륨)나 가타쿠리(얼레지라는 식물 뿌리로 만든 흰색 녹말가루)를 섞기 때문이라고 한다.

서울의 골목마다 있는 마른사리 국수 또는 결혼식장에서 주는 국수오리 속에 몇 퍼센트의 메밀가루가 들었는지 단언할 수는 없다. 나는 서울에서 횡행하는 국수 대부분은 옥수숫가루나 그와 유사한 것으로 만든 것이 아닌가 한다. 그것은 이틀 혹은 사흘을 두었다가도 먹을 수 있고, 얼렸다가도 더운 국물에 풀면 국수 행세를 할 수 있다. 하지만 이는 국수가 아닌 국수 유사품일 뿐이다. 그러니 평양냉면이나 메밀국수와는 친척 간이나 되나마나 하다.

_1938년 5월 31일 〈조선일보〉

유경 식보

이효석

평양에 온 지 사 년이 되었으나 자별하게(남다르고 특별함) 기억에 남는 음식을 아직 발견하지 못했습니다. 생활의 전반 규모에 그 무슨 전통의 아름다움이 있으려니 해서 몹시 눈을 살피나 종시(終是, 끝내) 그런 것이 찾아지지 않습니다.

처(處, 사람이 기거하거나 임시로 머무는 곳)하는 집의 격식이나 옷맵시, 음식 범절에 도시(都是, 이러니저러니 할 것 없이 아주) 그윽한 맛이 적은 듯합니다. 이것은 평양 사람들도 인정하는 바로, 언제인가 평양의 자랑거리를 말하는 좌담회에 참여했을 때 이렇다 할 음식을 예로 들지 못했습니다. 가령, 서울과 비교하면, 감히 비교할 바 못 되겠지만, 진진(津津, 입에 착착 달라붙을 정도로 맛이 좋음)하고 아기자기한 맛이 적고 대체로 거칠고, 단하고(달고), **뻣뻣합니다**(딱딱하다). 잔칫집 음식도 먹어 보고, 요정에도 가보았으나 어디나 다 마찬가지입니다. 특히 요정의 식탁에 오르는 것은 평양의 진미는커

녕 정체 모를 내외 범벅의 당치 않은 것들뿐입니다. 음식상이라기보다는 대개가 술상의 격식입니다. 그러니 술을 먹으러 갈 데지 음식을 가지가지 맛보러 갈 데는 아닙니다. 차라리 요정보다는 거리의 국숫집이 그래도 평양의 음식으로 내세울 만할 듯싶습니다.

평양냉면은 유명한 것으로 치는 듯하나 서울냉면만큼 색깔이 희지 못합니다. 하기는 냉면 맛은 반드시 색깔로 치는 것은 아니어서 관북지방에서 먹은 것은 빛이 가장 검고 칙칙했으나 서울이나 평양 그 어느 곳보다 나았습니다. 그러나 평양에 온 후로는 까딱 냉면을 끊어버린 까닭에 평양냉면의 진미를 아직 모르고 있습니다. 그렇다고 다시 시작해볼 욕심도 욱기(참지 못하고 앞뒤 헤아림 없이 격한 마음이 불끈 일어나는 성질. 또는 사납고 괄괄한 성질)도 나지 않습니다. 냉면보다는 되레 온면을 즐겨 해서 이것은 꽤 맛을 들여놓았습니다. 그러나 이것도 장국보다는 맛이 윗길(질적으로 더 나은 수준. 또는 그런 것)이면서도 어북장국(말린 명태를 넣고 끓인 장국)보다는 한결 떨어집니다. 잔잔하고 고소한 맛이 없고 그저 담담합니다.

이것이 평양 음식 전반의 특징입니다. 육수 그릇을 대하면 그 멀겋고 멋없는 꼴에 처음에는 구역질이 납니다. 익숙해지면 차차 나아지기는 하지만 설렁탕이 이보다 윗길임은 사실입니다.

친한 벗이 있어 추석이 되면 노티(차조·기장·찹쌀 따위의 가루를 쪄서 엿기름에 삭혀 지진 떡)를 가져다줍니다. 일종의 전병으로 수수나 쌀로 달게 지진 것입니다. 너무 단 까닭에 과식을 할 수 없는 것이 노티의 덕이라면 덕일 듯합니다. 나는 이 노티보다도 차라리 같은 벗의 집에서 먹은 만두를 훨씬 훌륭한 것으로 생각합니다. 호만두(중국식으로 만든 만두)보다도 그 어떤 만두보다도 나았습니다. 그러고 보면 평양의 자랑은 국수가 아니고 만두여야 할 것 같습니다. 또 한 친구는 이른 봄에 여러 번이나 간장병과 떡 주발(놋쇠로 만든 밥그릇), 김치 그릇을 날라다 주었는데, 그 김치 맛이 참으로 일미(一味, 첫째가는 좋은 맛)여서 어느 때나 구미가 돌지 않을 때면 번번이 생각나곤 합니다. 봄이건만 까딱 변하지 않는 김치의 맛, 시원한 그 맛은 재찬삼미(再讚三味, 두 번 칭찬하고 세 번 맛볼 만큼 맛있음)해도 오히려 부족합니다.

대체로 평양의 김치는 두 가지 격식이 있어 고추 양념을 진하게 하는 것과 엷게 하는 것이 있습니다. 거의 소금만으로 절여서 동치미같이 희고 깨끗하고 시원한 것, 이것이 그 일미의 김치인데, 한 해(어느 해) 겨울 몇 사람의 친구와 함께 휩쓸려 밤늦도록 타령을 하다가 곤드레만드레 취한 김에 밤늦게 그 친구 집을 습격해서 처음 맛본 것이 바로 그 김치였습니다. 다해서 두 칸밖에 안 되는 방에 각각 부인과 일가 아이들이 누워 있었던 까닭에 친구는 방으로 우리를 끌어들이지 못하고 대문 옆 노대(露臺, 지붕이 없이 판자만 깔아서 만든 자리)에 벌벌 떠는 우리를 앉히고 부인을 깨워 일으키더니 대접한다는 것이 찬 김치에 만 밥, 소위 짠지밥 ― 김치와 짠지는 다르지만, 평양에서는 일률로 짠지라고 일컫습니다 ― 이었습니다. 겨울에 되레 아이스크림을 먹는다더니 찬 하늘 아래에서 벌벌 떨면서 먹은 김치의 맛은 취중의 행사였다고는 해도 잊을 수 없는 것이었습니다.

북쪽일수록 음식에 고추를 덜 쓰는 모양인데 이곳에서 김치를 이렇게 싱겁게 담는 것은 관북 지방의 풍습과도 일맥 통하는 것이 있습니다. 요새 의학박사들이 고춧가루의 해독에 관해서 자꾸 강조하는 판인데, 앞으로의 김치는 그 방법에 일대 혁신을 베풀어 이 평양의 식을 따르면 어떨까 합니다. 나는 가정주부들에게 이것을 적극적으로 권하고 싶습니다. 단지 의학박사가 아닌 까닭에 잠자코 있을 뿐입니다.

잔칫집에서 가져오는 약과와 과줄(꿀과 기름을 섞은 밀가루 반죽을 판에 박아서 모양을 낸 후 기름에 지진 과자)은 요릿집 식탁에 오르는 메추리 알이나 갈매기 알과 함께 멋없고 속없는 것입니다. 약과는 굳고, 과줄은 검습니다. 다식이니, 정과니 하는 유(類 부류)는 찾으려야 찾을 수 없습니다. 없는 모양입니다.

중요한 음식의 하나가 야키니쿠(불고기의 일본말)인데 고기를 즐기는 평양 사람의 기질을 그대로 반영시킨 음식인 듯합니다. 요리법도 매우 단순하고 맛도 담백합니다. 스키야키(전골의 일본말)처럼 연하지도 않거니와 갈비처럼 고소하지도 않습니다. 소담(음식이 풍족하고 먹음직스러움)한 까닭에 몇 근이고 간에 양을 사양하지 않는답니다. 평양 사람은 대개 골격이 굵고, 체질이 강장(몸이 건강하고 혈기가 왕성함)하고, 부한 편이 많은데 행여나 야키니쿠 때문은 아닌지 추측할 따름입니다. 다만, 야키니쿠라는 이름이 초라하고 속되어서 늘 마음에 걸립니다. 적당한 명사로 고쳐서 보편화시키는 것이 이 고장 사람들의 의무가 아닐까 합니다. 말이란 순수할수록 좋은 것이지 뒤섞고 범벅하고 옮겨온 것은 상스럽고 혼란한 느낌을 줄 뿐입니다.

마지막으로 어죽을 듭니다. '물고기 죽'이란 말이지만, 실상은 물고기보다도 닭고기가 주재료가 되는 듯합니다. 닭과 물고기로 쑨 흰죽을 고추장에 버무려 먹습니다. 여름 한 철의 진미로서 아마도 천렵의 풍습의 유물로 끼쳐진 것인 모양입니다. 제철에 들어가 강 놀이가 시작되면 반월도(半月島, 평양 대동강가에 있는 섬)를 중심으로 섬과 배 위에 어죽 놀이의 패가 군데군데에 벌어집니다. 물속에서 첨벙거리다가 나와 피곤한 판에 먹는 죽의 맛이란 결코 소홀히 볼 것이 아닙니다. 동해안 바닷가에서 홍합죽이라는 것을 먹은 적이 있는데 그 조개로 쑨 죽과 맛이 흡사합니다. 피곤함을 덜어주는 것이 구미(口味, 입맛) 없는 여름 음식으로는 이 죽들이 확실히 공이 큰듯합니다.

_1939년 6월 《여성》

※ 유경─평양의 다른 이름
※ 식보(食補)─좋은 음식을 먹어서 원기를 보충함

원두막

노천명

백중(白中, 음력 7월 15일로 음식과 술을 나누어 먹으며 휴식을 취하던 농민들의 명절)이 되도록 모가 나가질 못하고 빽빽이 서 있는 모판이 있는가 하면, 김장을 갈려고 품을 뽑고 밭을 매는 데가 있어 농촌 풍경도 얼숭덜숭(회색과 검은색 등이 뒤섞여 있는 색깔)하다.

손수건을 댔다 떼는 바로 뒤로 구슬 같은 땀이 또 푹푹 솟는다.

누구 하나 들렀다 가지 않는 원두막은 순전히 참외밭을 지키는 것 외에는 아무것도 아니다. 말라빠진 네 다리를 지극히 불안정하게 참외 밭머리에다 디디고 서서 사면(四面, 전후좌우의 모든 방면) 들창(들어서 여는 창)을 작대기로 한껏 버틴 채 우두커니 서 있는 원두막은 영락없이 송낙(승려가 평상시에 납의와 함께 착용하는 모자) 쓴 허수아비다. 소달구지가 지나간 촌길의 시뻘건 흙을 터벅터벅 밟으며 등성이를 넘고, 산모퉁이를 돌아 휘휘 손을 내저으며 가다가 만나는 원두막은 괜스레 반갑다.

원두막은 으레 노인이 지키는 법이다.

"참외 단 것 있어요?"

우리는 원두막을 쳐다보며 물었다.

"예!"

아무 감정 없이 대답하는 노인의 태도는 그야말로 태고연(太古然, 아득한 옛날과 같음)하다.

사다리를 기어 올라가 앉으니, 노인이 구럭(새끼를 드물게 떠서 물건을 담을 수 있도록 만든 그릇)을 멘 채 참외밭으로 어슬렁어슬렁 내려간다.

땀은 금방 걷히었다. 바람에 땀으로 젖은 얼굴을 씻기며, 막힘없이 내다보이는 들녘을 휘둘러보고 난 뒤 원두막을 빙 둘러보니, 천장에 원두막지기의 침구인 듯한 것이 보꾹(지붕의 안쪽)에 대롱대롱 달려 있고, 창가에는 네 귀퉁이를 백지로 바른 고풍스러운 초롱('등'을 달리 이르는 말)이 하나 달려 있다. 그런가 하면 한 귀퉁이에 간밤에 모깃불을 피운 듯한 질화로가 놓여 있고, 그 옆에는 치부책(置簿冊, 돈이나 물건이 들고 나고 하는 것을 기록하는 책)과 나란히 제값을 다 했을 성싶은 낡아빠진 《가정보감》이 놓여 있다. 《춘향전》이나 《조웅전》쯤을 기대했던 나는 대수롭지 않게 몇 장 넘겨본다. 그런데 어느 틈에 노인이 축 늘어진 참외 구럭을 메고 올라와 참외를 쏟아 놓는다.

"백사과(노르스름한 빛이 도는 흰 참외) 나 가지참외는 없어요?"

뻔히 알면서도 고향의 참외 생각이 나서 짐짓 물어봤다. 뭐니 뭐니 해도 참외는 백사과가 그만이다.

잘 익은 것은 벌써 칼을 댈 때부터 다르다. 유달리 고운 속을 한 잘 익은 백사과는 과장이 아니라 정말 입에서 슬슬 녹는다. 노랑참외, 개구리참외, 별종참외(감참외), 가지참외, 청참외도 빼놓을 수 없다. 하지만 달리 사치스러운 맛을 제쳐놓고 그냥 먹은 듯싶고 시원한 것은 까맣게 익은 청참외가 최고다. 또 이 없는 할머니들이 숟가락으로 긁어 잡숫기에는 가지참외만 한 것이 없다. 노란 면에 파란 줄이 쭉쭉 간 그 빛깔 하며, 유난히 부드러워 보이는 촉감하며, 나는 어려서부터 집에 참외 선물이 들어오면 다른 것은 다 제쳐놓고 길쭉하고 예쁜 가지참외와 배꼽참외만 골라내서 번갈아 업고 다녔다.

그런데 웬일인지, 서울에서는 가지참외를 볼 수 없었다.

"다 잘 익었을까요?"

영감님은 또 한 번 무표정하게 우리를 쳐다보았다.

"그럼요!"

나는 얼른 한 개를 골라 들고 칼로 잘랐다. 덜 익었다. 그러자 노인이 미안한지 얼른 다른 참외를 골라주며 이렇게 말했다.

"이걸 한 번 따 보세요."

무던해 보이는 것이 도무지 장사할 사람은 아닌 듯했다.

가게에서 며칠씩 시들다 곯아서 익은 참외나 먹다가 이렇게 갓 따온 싱싱한 참외를 원두막에 앉아서 먹는 맛이 썩 괜찮다. 바쁜 도시 생활에 부대끼고, 정신없이 지내는 데 비해 농촌에서 이렇게 지내는 것도 퍽 좋을 듯해 노인을 향해 무심코 이런 말을 내뱉고 말았다.

"여기서는 먹는 걱정 외에는 별걱정이 없어서 좋겠군요."

"먹는 걱정이 그게 작은 걱정이 아니죠."

갑자기 노인이 철인(哲人, 학식이 높고 사리에 바른 사람)처럼 보였다.

__1949년 7월

가재미

백　석

　　동해 가까운 거리로 와서 나는 가재미(가자미)와 가장 친하다. 광어, 문
어, 고등어, 평메(바닷물고기의 종류), 횟대(홍치. 주로 식해를 담아 먹는다)… 생선이
많지만 모두 한두 끼에 나를 물리게 하고 만다. 그저 한없이 착하고 정다
운 가재미만이 흰밥과 빨간 고추장과 함께 가난하고 쓸쓸한 내 상에 한
끼도 빠지지 않고 오른다. 나는 이 가재미를 처음 십 전 하나에 뻼가웃(손
한 뼘보다 조금 큰 것)식 되는 것 여섯 마리를 받아들고 왔다. 다음부터는 할머
니가 두 두림(두름. 물고기를 한 줄에 10마리씩 두 줄로 엮어 20마리씩 세는 단위를 나타내는
말) 마흔 개에 이십오 전씩에 사 오시는 데 큰 가재미보다도 잔 것을 내가
좋아해서 무두(모두) 손길만큼 한 것들이다. 그동안 나는 한 달포 이 고을
을 떠났다 와서 오랜만에 내 가재미를 찾아 생선장으로 갔더니 섭섭하
게도 이 물선(物膳, 음식을 만드는 재료)은 보이지 않았다. 음력 8월 초상(초순)이
되어야 이 내 친한 것이 온다고 한다. 나는 어서 그때가 와서 우리들 흰밥

과 고추장과 다 만나서 아침저녁 기뻐하게 되기만 기다린다. 그때엔 또 이십오 전에 두어 두럼씩 해서 나와 같이 이 물선을 좋아하는 H한테도 보내어야겠다.

__ **1936년 9월 3일 〈조선일보〉**

여름의 원두막 정취

채만식

—**묵은 일기의 일절(一節, 한 구절)에서**

×월 ×일

폭양(暴陽, 뜨겁게 내리쬐는 햇볕) 아래서 온종일 정구(중앙에 네트를 두고 라켓으로 연식공을 양쪽에서 치고받는 운동경기)를 했더니 몹시 피곤하다.

집에 돌아와서 목욕을 하고 나니 아직도 해가 많이 남아 있다.

P군과 S군이 참외를 먹으러 가자며 왔다. 마침감(어떤 경우에 꼭 알맞은 사물이나 일)으로 맥주병에 소주를 넣어 들고—

큼직한 밀짚 벙거지에 동저고리(남자가 입는 저고리) 바람으로 풀대님(바지나 고의를 입고서 대님을 매지 아니하고 그대로 터놓음)을 한 후 단장(短杖, 짧은 지팡이)을 끌고 나섰다.

봄에 심은 모가 벌써 뿌리가 잡혀 제법 검은 기운이 돋고 있었다. 석양에 산을 돌아 넘는 뻐꾸기 소리는 언제 들어도 그윽하고 한가롭기 그지 없다.

낚시를 마치고 돌아오는 낚시꾼을 만나 깔다구(농어 새끼) 두 마리를 토색(돈이나 물건 따위를 억지로 달라고 함)했다. S군이 고추장과 식초를 가지러 뛰어가는 것을 아주 생선까지 줘서 보냈다.

원두막을 지키는 조 서방은 막 위에서 잠을 자고 있었다. 때마침 원두밭에서는 물큰하게 잘 익은 참외 냄새가 코로 솔솔 들어와 입맛을 마구 당겼다.

원두막 위는 뱃속까지 시원하게 바람이 불어오고 있었다. 우리는 우선 김마까(금싸라기 참외) 스무 개 정도를 따다 놓고 먹었다. 한 볼도 안 될 만큼 조그만 것이 제법 노란색을 띠고 있었다. 껍질을 벗겨내자 배처럼 하얗고 연하며 단 냄새가 가득 풍겨 그 자리에서 한 접(채소나 과일 따위를 묶어 세는 단위. 한 접은 채소나 과일 백 개를 말함)은 먹을 성싶었다.

실컷 먹은 후 담배를 피우고 있자니, S군이 안주를 장만해서 헐레벌떡 올라온다.

알코올 도수 60도가 넘는 독한 소주가 가슴을 훑고 내려간다. 생선회는 혀가 짜르르하게 매우면서도 씹을수록 새로운 맛이 났다. 때마침 삼돌이가 나뭇짐을 지고 앞산 기슭을 돌아 나오며 초금(草琴, 풀잎피리)을 불고 있다. 청승맞고 요염하기가 삼돌이의 주둥이를 싹싹 비벼주고 싶을 만큼 가슴을 울린다. 동네가 멀고, 젊은 과부가 없기에 말이지, 언젠가는 반드시 큰일 낼 놈이다.

취한 김에 드러누운 것이 잠이 들었던 모양이다.

달이 벌써 한 길이나 올라오고 제법 산득거린다(서늘한 느낌이 자꾸 듦).

옆에서는 P군과 S군이 세상모르고 잔다.

조 서방은 벌써 저녁밥을 먹고 와서 모깃불을 피운다.

태고(太古, 아주 먼 옛날)로 역려(逆旅, 거슬러 올라감)해온 느낌이다.

P군과 S군을 깨워서 함께 내려오니 이슬이 발을 적신다.

도회지에서 연애하던 애인이 있다면 데리고 와서 같이 높직한 담백한
생활이다.

_1930년 7월 《별건곤》

포도주

채만식

며칠씩 밤을 밝혀가면서 일을 하고, 그러면서도 낮으로나마 수면을 충분히 갖지 못해 늘 피로해 있고, 또 그렇지 않더라도 밤에 잠을 이루자면 두세 시간씩 삐대고(한군데 오래 눌어붙어서 끈덕지게 굶), 그러한 데다가 지나간 봄에는 근 40일간 불여의한(일이 되어 가는 과정이나 그 결과가 뜻한 바와 같지 아니함) 일로 건강이 가뜩이나 더 쇠약했었고… 이러한 여러 가지 나의 생리상 형편을 잘 아는 친구 하나가 포도주를 먹어보라고 권하는 것이었다.

그 친구의 설명이 하도 그럴듯하기에, 오월 바로 초승(음력으로 그달 초하루부터 처음 며칠 동안)부터 시작하여 최근까지 석 달 가까이 먹어보았다. 석 달 가까이 먹었다지만 매일 밤 취침 전에 한 차례씩 눈알만 한 잔으로 한 잔씩 먹은 것이니까 고작 일곱 병이다.

그래 그 효과인데, 미상불(未嘗不, 아닌 게 아니라 과연) 그럴듯한 점이 몇 가지 적실히 드러났다.

우선, 그놈을 한 잔 마시고 자리에 누우면, 잠들기가 전보다 비교적 수나로워서(무엇을 하는 데 어려움이 없이 순조로움) 좋았다. 한참 열중하여 원고 일을 하다가 이내 잠을 자자고 하면 머리만 천근으로 무겁지 졸연히 잠은 오지 않고, 그래서 잠을 청하다가 그대로 누워서 밝히는 때가 많았는데, 그렇게 부대끼는 일이 없으니 정녕코 그놈의 포도주 덕이다.

이것 한 가지만 해도 나에게는 매월 4원 미만의 거기에 들이는 비용이 결단코 아깝지가 않다.

그다음, 잠이 부족해도 피로가 잘 회복이 된다. 전신이 나른하여 일도 손에 잡히지 않고 누울 자리만 보이고 하던 게 비교적 덜하다.—물론 원기가 창일(漲溢, 의욕 따위가 왕성하게 일어남)하고 어쩌고 한다는 것은 실없는 소리요—이러한 효과를 반증하는 실증(實證, 확실한 증거)은 요새 십여 일째나 포도주를 먹지 않고 지내는 데서 역력히 드러난다. 잠들기가 힘들고 피로가 오래 끌린다.—그런 것을 보면 먹는 그때 그때는 얼마간 몸에 보(補, 영양분이 많은 음식이나 약을 먹어 몸의 건강을 돕다)가 되어도 역시 먹는 그 당장뿐이기 쉬운가 보다—

아무튼지 그래서 다시 시작하여 이 여름만이라도 계속할 생각인데, 그러나 한 가지 그놈한테 미각적인 맛을 들여서 걱정이다.

본시 술을 많이 하지 못하는 체질이지만, 포도주는 맛이 들큼하고(맛깔스럽지 아니하게 조금 달다) 또 과당이 섞여봐서 마치 막걸리처럼 찐더분하니(눅진하고 차져 끈적끈적하게 자꾸 달라붙음) 오래 취하고, 그래 더구나 술 중에서도 제일 싫어하던 술이다. 하던 것이 석 달 가까이 먹고 난 시방은 전에 그렇듯 싫던 것은 다 어디로 가고 그 감칠맛이 무어라고 할 수 없이 더욱 간드러진다. 포도주잔에다가 남실남실 부어놓고 우선 한 번 그 핏빛으로 새빨간 색채를 감상하는 시각적 쾌미(快味, 쾌감) 또한 그럴듯하다.

마노색(단백색)의 위스키나 맥주, 진초록의 페퍼민트 등 다 색채가 좋지 않은 것은 아니다. 그래도 포도주의 그 붉으면서도 독하지 않은 색채의 아름다움에는 따르지 못할 것이다.

사례를 받고 광고문을 억지로 쓰는 것이 아니므로, 먹은 포도주의 상표는 쓰지 않거니와 그 효과만은 보장하는 것이니, 누구, 나처럼 수면에 힘이 들고 일로 인해 늘 피로한 이는 시험해보기를 권한다. 다만, 주객(酒客, 술을 좋아하는 사람)은 안 될 말이요, 역시 나처럼 작은 잔 한 잔으로도 알코올 기운이 몸에 퍼지는 체질이어야 한다.

__1937년 7월 23일 《매일신보》

애저찜

채만식

며칠 전 광주까지 갔다가…

아침에 여관집 마당으로 도야지(돼지) 새끼가 조막만(주먹만큼 작다는 뜻)씩 한 몸이 두 마리 꼴꼴 돌아다니는 것을 조(曺)가,

"흥, 남의 회만 건드리는구나!"

하는 소리를 듣고, 그럴 성해서 웃었더니, 마침 조가 설도(設頭, 앞장서서 일을 주선함)한 애저찜(태어난지 한 달 정도 되는 새끼돼지의 뱃속에 갖은 양념과 재료 등을 넣고 푹 찐 보양음식)의 대접을 받았다.

겨우 젖이 떨어졌을까 말까 한 도야지 새끼를 속만 긁어내고 통으로 푹신 고아 육개장 하듯이 퍼서 국물을 먹는데, 이야기는 많이 들었어도 입을 대기는 비로소 처음이고, 처음이라 그런지 좀 애색(마음이 애처롭고 안타까움)했다. 하기야 연계(軟鷄, '영계'의 원말)찜을 먹는 일을 생각하면 도야지 새끼를 통으로 삶아 먹는다고 별반 애색할 것은 없는 노릇이다. 또, 우리가

일상에서 흔연히 감식(甘食, 맛있게 먹음)하는 계란이며, 우유며, 어란(魚卵, 생선 알)이며, 하는 것도 다 따지고 보면 천하 잔인스런 짓이다. 하필 애저찜만 그런 것은 아닐 것이다. 더욱이 원숭이를 꽁꽁 묶어 불에 달군 가마솥 위에 달아 매놓고는 줄을 누꿔('늦추다'의 경기도사투리) 발바닥을 지지고 지지고 한다 치면 요놈이 약이 있는 대로 죄다 머리로 오른다든지 할 때에 청룡도로 목을 뎅겅 잘라가지고는 골을 뽑아 지져 먹는다는 원뇌탕(猿腦湯)이란 것에 비하면 애저찜쯤은 오히려 부처님의 요리라고 할 것이다.

그렇건만 역시 처음이라 그랬던지 비위에 잘 받지 않는데, 아 그러자 아침에 여관집 마당으로 산 채로 꿀꿀거리면서 돌아다니던 도야지 새끼가 눈에 밟히면서 일변 또 간밤에 애기 기생이 한 놈 불려 와서는 노래를 한답시고 애를 쓴다, 시달림을 받는다 하는 게, 문득 애저찜이라는 것을 연상케 하던 일이 생각나 그만 비위가 역하여 웬만큼 젓가락을 놓았었다.

맛은 그러나 일종 별미에 속한다고 할 수가 있고, 그중에도 술안주로는 썩 되었고, 다만 너무 기름진 게 나 같은 체질에는 맞지 않을 성불렀다.

동행 중 최 박사 역시 지방질은 많이 받지 않는 모양, 조금 하다가 말았지만, 신 변호사는 근일에야 맛을 들였다면서 고기는 물론 뼈까지 쪼옥쪽 빨아먹고 그 뱉은 뼈가 앞에 수북한 데에 한바탕 놀림거리가 되었다.

아무튼, 다시 보장하거니와 술안주로는 천하일품이니, 일찍이 맛보지 못한 문단 주호(酒豪, 술을 잘 마시는 사람)는 모름지기 전남으로 한바탕 애저찜 원정을 가볼 것이다.

__**1940년 4월 〈박문〉**

쪽빛보다도 더 푸른 하늘에는 어느덧 수많은 별이 깔렸습니다.

사방은 고요하기 그지없습니다.

갑자기 어디선가 졸졸졸 흐르는 시냇물 소리가 들립니다.

어느 것 하나 시 아닌 것이 없습니다.

Part 3

여름의 추억

피서지의 하루

이태준

바다에 나가는 길에 철봉에 매달리었다. 보는 사람이 없어 마음 놓고 턱걸이를 대여섯 번 해보았다. 그러나 철봉 위에 채 오르지도 못하고 교수대에 매달린 사형수마냥 긴 사지가 늘어지고 말았다. 그 모습을 누가 봤다면 픽—웃었을 것이다.

하늘도 바다와 육지처럼 반이 갈리었다 진다.

정자로 올라가자 습자(習字, 붓글씨를 연습하는 일) 교원(教員, 학생을 가르치는 사람. 즉, 교사)밖에는 안 되는 해강(海岡, 서화가 김규진의 호)의 글씨가 정면에 걸려 있고, 촌마을 접장들의 총석찬(叢石贊, 업적을 자랑하기 위해 총총하게 세운 바윗돌)이 난잡하게 자리를 다투어 걸린 것이 적이 불쾌하였다.

정자에 앉으니 극지에서 날아온 듯한 내풍(耐風, 세게 부는 바람에도 잘 견디어 냄) 눈도 끝없이 멀어진다. 바른 편으로 외금강의 위용이 아득히 떠오를 뿐, 동북간은 막막한 물나라 동해지동경무동감(東海之東更無東感, 동해의 동녘에서 동해를 느낄 수 없음)이 불무(不無, 없지 않음)하다.

동해의 파도는 모두 이곳에 몰려드는 듯. 그러나 엄연(儼然, 의젓하고 점잖음) 부동하는 총석(총총하게 서 있는 바윗돌)의 기착(부동자세 차려을 뜻하는 말) 자세는 군국정신을 고취시키기 좋은 배경이다. 경치로 즐기기엔 좀 무시무시하다.

여섯 시 차로 돌아오다.

___1936년 9월 《여성》

여름과 맨발

현진건

여름처럼 자연과 친하기 쉬운 계절은 없으리라. 풀도 한껏 푸르고, 나무도 한껏 우거진 데다, 풀밭 위를 맨발로 시름없이 돌아다니는 맛이란 속된 말로 형용하기 어렵다.

우연히 써 놓은 풀대님 맨발이란 말에 귀여운 어린 시절의 기억이 문득 떠오른다.

열두 살이었던가, 열세 살이었던가. 우리 고장에서 한 십 리 정도 떨어진 '앞산'이란 곳에 놀러갔다. 해가 거웃거웃(조금 기울어진 듯한) 서산으로 넘어가 장엄하고도 힘없는 광선이 불그스름하게 나뭇가지에 걸렸을 때 귀여운 처녀 둘인가 셋인가 고목 등걸(줄기를 잘라 낸 나무의 밑동)에 앉은 내 앞에서 멀지 않게 나물을 캐고 있었다. 새 새끼가 막 날기를 배우는 것처럼 잠깐 걸었다가 주저앉고, 주저앉고 했다.

이상하게도 그 처녀들이 맨발이 나의 눈을 끌었다. 유순하고도 폭신폭

신한 파란 풀 속으로 그 발들은 잠겼다가 떠올랐다. 아마도 바로 그 산발치(산의 아랫부분)를 씻어 내려가는 시내에 씻고 또 씻었던지 그 발의 희기란 거의 눈과도 같지 않은가. 미끄러지는 듯 잠기는 듯 풀 위로 나타났다 숨었다 하는 그 예쁜 발들은 마치 물속에서 넘노는(넘나들며 한가롭게 노는) 은어와도 같았다. 어쩐지 나는 모든 것을 잊고 그 발에만 눈을 주고 있었다. 10여 년을 지난 오늘날에도 나의 기억이란 풀밭에 그 발들이 이따금 솟았다 잠겼다 한다. 그때도 물론 여름이었다. 지금 그 처녀들은 어디에 있을까.

말이 빗나가 얼토당토않은 옛이야기에 벌써 정한 페이지가 채워지고 말았다. 문득 그 기억이 떠오르고 보니 어느 사이에 나를 버리고 뒷걸음을 쳐 버린 과거가 돌아다 보이고 또 돌아다 보여 딴 것을 쓸려도 쓸 수 없다.

여름이 되면 나는 맨발을 연상한다. 그리고 어떻다 형용할 수 없는 안타까운 마음으로 그 처녀들의 현재와 장래를 생각한다.

—1928년 7월 《별건곤》

여름밤

노천명

  앞벌(마을 앞쪽에 있는 벌판) 논에선 개구리들이 소낙비처럼 울어대고, 삼
밭에서 오이 냄새가 풍겨오는 저녁. 마당 한 귀퉁이에서는 범산덩굴(황폐
한 곳에서 자라는 한해살이 덩굴풀), 엉겅퀴, 다북쑥(국화과에 속하는 쑥·산쑥·덤불쑥·
참쑥·물쑥 따위를 통틀어 이르는 말)이 생채로 들어가 한데 섞여 타는 냄새가 난
다. 제법 독기 있는 냄새다. 그러나 그것은 모깃불로 쓰일 뿐만 아니라 값
진 여름밤의 운치를 지니고 있다.

  달 아래 호박꽃이 환한 저녁이면 군색스럽지(보기에 모자라고 옹색한 데가 있
는) 않아도 좋은 넓은 마당에 모깃불이 피워지고, 그 옆으로 멍석이 깔린
다. 그리고 잠시 후, 거기에선 여름살이 다림질이 한창 벌어진다. 멍석에
앉아 보면 시누이와 올케도 정다울 수 있고, 큰 아기에게 다림질을 붙잡
히며, 나이 지긋한 어머니는 별처럼 먼 이야기를 들려주기도 한다. 함지
박(통나무의 속을 파서 큰 바가지같이 만든 그릇)에는 갓 쪄서 김이 모락모락 나는

노란 강냉이가 먹음직스럽게 담겨 나온다.

쑥댓불(쑥을 뜯어말려서 단으로 만들어 붙인 불. 해충을 쫓는 데 쓰임)의 알싸한 냄새를 싫지 않게 맡으며 불부채(불을 붙여 일으키는 데 쓰는 부채)로 종아리에 덤비는 모기를 날리면서 강냉이를 뜯어 먹으며 누워있노라면, 어느새 여인네들의 이야기꽃이 피어난다. 이런 날 나오는 별식은 강냉이뿐이 아니다. 방앗간에서 갓 빻아 온 햇밀에 굵직굵직하고 얼숭덜숭(회색과 검은색 등이 뒤섞여 있는 색깔)한 강낭콩을 함께 묻힌 밀범벅이도 있다. 그 구수한 맛이란 큰 도시의 식당 음식으로는 도저히 감당할 수 없다.

온 집안에 매캐한 연기가 골고루 퍼질 때쯤이면 쑥 냄새가 한층 짙어져서 집 안으로 들어간다. 그러면 영악한 모기들도 아리송아리송(긴가민가하여 뚜렷하게 분간하기 어려운 모양)하는가 하면, 수풀 기슭으로 반딧불을 쫓아다니던 아이들 역시 하나둘 잠자리에 들고, 마을의 여름밤은 더욱 깊어지며, 아낙네들은 멍석 위에 누운 채 꿀 같은 단잠의 유혹에 빠진다.

쑥을 더 집어넣는 사람도 없이 모깃불의 연기도 차츰 가늘어지고 보면, 여기는 바다 밑처럼 고요해진다. 동굴 속에서 베를 짜던 마귀할멈이라도 나와서 다닐 성싶은 이런 밤엔 헛간 지붕 위에 핀 박꽃의 하얀 빛이 나는 더욱 무서워진다.

한잠 자고 난 아기는 아닌 밤중 뒷산 포포새(뻐꾸기) 울음소리에 깜짝 놀라 엄마 가슴을 파고들고, 삽살개란 놈은 괜히 울음을 운다. 그러면 온 동네 개들이 함께 달을 보고 싱겁게 짖어댄다.

__1938년 8월 《여성》

여름날의 추억

노자영

그리운 벗이여!

벗의 편지를 오늘 아침 반갑게 받았습니다. 나는 지금 막 해수욕을 하고 돌아오는 길이라오. 몸이 나른하도록 물놀이를 하고 돌아와서 한참 누워있었지요.

아! 다시 생각해도 시원하기 그지없소. 푸른 바다! 해풍에 나부끼는 아가씨들의 검고 긴 머리카락! 절대 싫지 않은 바다의 유혹! 그것에 이끌려 나는 살이 새까맣게 타는 것도 잊은 채 날마다 명사십리를 찾는다오.

요즘은 날씨마저 좋습니다. 그래서인지 인어처럼 예쁜 사람들의 그림자가 아침부터 저녁까지 끊일 줄 모른다오. 그곳에는 빈부귀천도 없어요. 남녀 불문하고 모두 자유롭게 즐길 뿐입니다. 그러니 더는 옛날의 에덴동산을 꿈꾸지 말고 이곳으로 오라고 말하고 싶어요.

쪽빛 푸른 하늘에는 흰 구름이 신선이 되어 유람하는 듯 — 그러나 바다에서 보면 어느 것이 하늘이요, 어느 것이 물인지 알 수 없습니다. 참, 잊었구려. 오늘은 바둑돌같이 알락알락(여러 가지 밝은 빛깔의 점이나 줄 따위 무늬가 고르게 촘촘한)한 조개를 한 바가지나 잡았다오. 저녁에 국을 끓여 먹을 생각이오. 어제는 도미와 꽃게를 사 왔는데, 도미는 구워 먹고, 게는 기름에 볶아서 배가 터지도록 먹었다오.

요즘, 우리는 날마다 노는 것이 일이라서 어떻게 하면 더 재미있게 놀까—그 연구뿐이라오. 정숙이, 연주, 정옥이 모두 왔습디다. 우리는 수영 후 모래밭에 큰 우산(파라솔)을 받쳐놓고 노래도 부르고, 장난도 치며, 즐거운 시간을 보냈다오. 그럴 때마다 나는 벗을 떠올리곤 했소. 벗이 있었으면 한몫 끼여 잘 놀았을 텐데.

그뿐이겠소—요즘 들어 밤이면 고운 달이 떠서 저녁을 일찍 먹고 송도원 송림 사이로 달구경을 가곤 하오. 달은 흔들리는 물결을 붉게 물들여 결국 내 마음마저 흔들어 놓는다오. 바둑돌을 하나둘씩 던지며 끝없는 꿈속에 잠기면, 실바람을 타고 들려오는 노랫소리와 바이올린 소리가 왜 그리 신비스러운지—그럴 때면 가수가 되지 못한 것이 후회되오. 그때 벗이라도 옆에 있다면! 하고 서운한 마음에 뒤를 돌아본 적도 여러 번 있소. 벗도 알다시피, 우리 편(경숙이네 형제와 우리 형제)은 울지 못하는 매미 떼와도 같소. 그래서 화가 나면 기타 줄만 되는대로 쥐어뜯는다오. 누구나 아름다운 여름밤을 노래하고 싶을 것이오. 하지만 노래를 못하는 우리로서는 그것이 못내 부러울 뿐이오.

다리 인근은 항상 피서객으로 가득하오. 그들은 그 밤을 그냥 보내기 안타까운 듯 밤이 깊어도 돌아갈 줄 모르오.

아! 아름다운 여름밤 — 이곳의 밤은 환락의 밤이요, 신선들의 세계랍니다.

이럴 때마다 벗이 잘 부르는 〈호프만의 뱃노래(오펜바흐 오페라 '호프만의 이야기'에 나오는 아리아)〉가 귓전을 스치고 달아나는 듯하구려.

신(辛)이! 단 하루라도 좋으니 다녀갈 수는 없소? 우리가 살면 얼마나 살겠소? — 복잡한 현실과 너무 싸우지 말고 눈 딱 감고 한 번 오시구려. 난들 돈이 많아서 왔겠소? — 건강한 몸을 얻어가니 뿌듯할 뿐이오. 내가 소화불량 때문에 얼마나 힘들었는지 잘 알고 있을 것이오. 하지만 지금은 그 그림자도 찾을 수 없을 만큼 건강하다오. 심지어 삼시 세끼만 먹고는 배가 고파서 도저히 견딜 수가 없을 지경이오. 내가 지난번에 얘기했던가? — 방을 얻어 자취를 한다고. 그것이 여간 재미있지 않다오. 방이 넓어 시원해 좋을 뿐만 아니라 반찬은 바다에서 건지는 놈으로 하니까, 어찌나 맛있는지 저녁이면 밥 두 공기밖에 못 먹던 내가 네 공기는 보통이라오.

이렇게 방까지 얻었으니, 한 달은 더 이곳에 있을 작정이요. 바쁘지 않으냐고? 몸을 건강하게 만들어 더 부지런히 일하면 되지 않겠소.

그 안에 한 번 다녀가시구려. 차비만 쓰구려! … 밥은 내가 낼게… 호호호, 좀 재미있을게요.

생각만 해도 재미가 옥실옥실('옥시글옥시글'의 준말. 여럿이 한데 모여 몹시 들끓는 모양)! 그저 붙들지 않을 테니, 휴가만 얻어서 와요. 즐겁게 놀아야 일도 잘

할 수 있으니까.

　그럼, 기다리겠소. 언제 온다는 편지만 하면 내가 마중 나갈 테니… 꼭 기다리오.

　글피(모레의 다음 날)가 일요일이니 모레 오후에 와요. 안 오면 나는 골낼(비 위에 거슬리거나 마음이 언짢아서 화를 냄) 테야…

　그럼 만날 날을 기다리며, 그만두겠소. 빠이빠이.

　S로부터.

__1939년 서간집《나의 화환》

여름밤 농촌의 풍경 점점

강경애

세월도 어지간히 빠릅니다. 아이들의 버들피리 소리가 아직 들리는 듯하건만, 벌써 그 봄이 언제 왔냐는 듯이 자취를 감추어버리고, 초록 치마를 길게 드리워 입은 씩씩한 여름이 왔습니다.

계절이 바뀜에 따라 사람들이 느끼는 정서도 가지각색으로 변하는 것인가 봅니다. 왜 그런지 몰라도, 봄은 심란하게 맞았지만, 여름은 즐겁고 기쁘게 맞는 듯싶기 때문입니다.

여름… 더구나 농촌의 여름은 농민들에게 있어서 일 년 중 가장 긴장될 때입니다. 그들의 생명선이 이 여름 한 철에 좌우되기 때문입니다. 그래서인지 여름에 들면서부터 잠 한숨 마음 놓고 잘 수 없는 모양입니다. 그 애쓰는 모습을 본다면, 우리가 항상 먹는 쌀이 무심히 보이지 않을 것입니다.

지금은 어슴푸레한 황혼입니다. 저 서쪽 하늘가에는 붉은 노을빛이 몇

갈래로 찢긴 채 길게 그어져 나갔습니다. 그 아래로 검푸른 산이 마치 병풍을 친 것처럼 구불구불 돌아서 있고요. 또 그 뒤로는 어린아이의 눈처럼 귀여운 별이 방긋방긋 웃고 있습니다.

저녁을 먹은 후 나는 뜰에 서서 이 모든 것을 바라보다가 도저히 견딜 수 없어서 뒷산에 올랐습니다. 산에 올라서서 보니 기가 막히게 좋습니다. 그 실경(實景, 사실 그대로의 경치)이란 도저히 붓끝으로 그릴 수 없을 지경입니다.

눈이 아물아물(작거나 희미한 것이 보일 듯 말 듯 하게 조금씩 자꾸 움직이는 모양)하도록 펴나간 저 푸른 벌! 그 속으로 반짝반짝 빛나는 작은 시내(골짜기나 평지에서 흐르는 자그마한 내)며, 이 산모퉁이 저 산모퉁이 끝에 다정스레 붙어 앉아 있는 농가들.

들을 건너 새로운 보금자리를 찾는 새의 무리가 푸른 하늘가에 높이 떠 있습니다. 그 날개까지도 파랗게 보입니다. 저들에게 있어 낮이 엄한 아버지라면, 밤은 자애로운 어머니일 것입니다. 그 평화로운 품에 안기어 차츰차츰 잠들어가는 저 푸른 벌. 감히 누가 저들의 고운 꿈을 깨울 수 있을까요.

이제야 농민들은 집으로 돌아가는 모양입니다. 살았다 꺼지는 담뱃불이 여기저기서 나타났다가 사라집니다. 물먹은 솜처럼 피곤해져서 풀려버린 그들의 몸이 멀리서도 빤히 들여다보입니다. 그들은 언제나 이렇게 열심히 살건만 조밥조차도 배불리 먹지 못합니다. 우리 앞뒷집이 농사를 짓고 있어서, 저는 그들의 일상생활을 누구보다도 샅샅이 알고 있습니다.

　저녁 늦게야 집에 돌아온 그들은 조밥이나 밀죽으로 간단하게 끼니를 때웁니다. 하지만 생활이 어려운 이들은 도토리 같은 것으로 대신하기도 합니다. 그리고 피로함에 못 이겨 아무 데나 쓰러져서 잡니다. 그러니 어디 옷을 벗어보고, 이불을 펴보겠습니까. 그나마 잠조차도 마음대로 잘 수 없는 것이 농촌 부인들입니다. 그들은 온종일 남편과 같이 일하고도, 밤이 되면 빨래질해서 옷 꿰매느라, 내일 아침에 먹을 음식 준비하느라, 밤을 새우는 것이 거의 일상이 되다시피 했습니다.

　밤중에 화장실에 다녀오다 보면 바늘을 든 채 일감을 떨어뜨리고 벽을 의지해 자는 옆집 부인을 볼 수 있습니다. 그러다가도 그녀들은 무엇에 놀랐는지 다시 바늘을 놀립니다. 하지만 그것도 잠시. 금방 또 졸음에 겨운 고개를 떨어뜨리곤 합니다. 이런 것을 바라볼 때마다 가슴속에서 무엇이 화끈화끈 일어나는 것을 느낍니다. 그렇습니다. 그들의 눈물겨운 생활이란 도저히 붓끝으로 그려낼 수 없습니다.

　이 밤! 그들은 전날과 똑같은 일을 되풀이하며 배고픈 밤을 또 지새워야 할 것입니다. 농가를 휩싼 채 굽이굽이 흐르는 저녁연기. 아마 밀죽을 끓이거나 도토리를 삶는 연기일 것입니다. 모든 만물은 이 밤에도 살이 오르느라 우적우적 자랄 것이건만…

　쪽빛보다도 더 푸른 하늘에는 어느덧 수많은 별이 깔렸습니다. 사방은 고요하기 그지없습니다. 갑자기 어디선가 졸졸졸 흐르는 시냇물 소리가 들립니다.

나는 이슬을 촉촉이 맞고 있음을 알고, 곧 발길을 돌려 산에서 내려왔습니다. 마당에 멍석을 깐 농부들이 모여서 농사 이야기를 하고 있습니다. 그 옆에서는 모깃불이 향불처럼 피어오릅니다. 그리고 집집마다 마당에서 빨갛게 움직이는 다림불이며, 채소밭에 하얗게 널린 다림질할 옷들, 어느 것 하나 시 아닌 것이 없습니다.

지붕 위에는 이슬을 맞은 박꽃이 피어납니다. 어린아이들은 각자 박꽃을 꺾어 든 채 신발 소리를 죽이며, 마치 그림처럼 움직이고 있습니다. 그리고 박꽃에 와 앉는 풍이라는 나비를 잡아들고는 좋아라고 깡충깡충 뛰며 다음과 같은 노래를 어울려 부릅니다.

풍아! 풍아!
네 꽃은 쓰고
내 꽃은 달다.

나는 문득 어린 시절을 회상하며, 그때 나 역시 저 노래를 불렀거니 하는 그리운 추억과 함께 '저 노래는 누가 지었을까?'라는 의문에 휩싸입니다. 어른이 되면 잊어버리는 그 노래. 아마 그 노래는 아이들 자신이 나비를 잡기 위해 만든 모양입니다. 그래서인지 노래를 외면 욀수록 아이들의 천진한 감정을 느낄 수 있습니다. 그 노래를 잊어버린 지 몇 해가 지났습니다. 그렇다면 그동안 내가 한 일이란 과연 무엇일까요?

스르륵—바람이 소리를 내며 선들선들 불어옵니다. 가만히 귀를 기울여 들어보니, 먼 들판에서 곡식끼리 부딪치는 소리가 은은하게 들려옵니다. 농부들의 말에 의하면, 이 바람에 곡식이 살이 오르고, 곡식의 알이 여문다고 합니다. 생각건대, 꼭 곡식에 한해서만 그런 것이 아니라 모든 만물이 그렇지 않을까 싶습니다.

앞이마를 덮은 머리카락이 살랑살랑 흔들립니다. 살이 오른다는 이 바람! 농촌이 아니고서는 금을 준다고 해도 결코 얻을 수 없는 이 바람은 가난에 쪼들려 여월 대로 여윈 농민들에게 아낌없이 쏟아져 흐르고 또 흐릅니다. 못 입고, 못 먹는 저들이건만 이 바람에 용기를 얻는가도 싶습니다.

되는대로 쓰러져 자는 그들의 모습이 보입니다. 담뱃대를 입에 문 채로 팔을 베개 삼아 혼곤히 잠들었습니다.

이제 동네 아이들의 떠들던 소리도 끊기고, 아이들이 꺾어 놀던 꽃만이 마당에 하얗게 떨어져 있습니다. 마치 초겨울을 떠올릴 만큼 그렇게….

멀리서 들리는 개구리 소리가 자장가로 변해 그들의 숨소리를 따라 높아졌다가 낮아졌다 합니다.

밤은 깊었습니다. 아직도 그치지 않고 들리는 부인들의 절구 소리. 그리고 뒤이어 나타나는 반딧불 한두 개.

—1933년 7월 《신가정》

※ 점점(點點) - 점을 찍은 듯이 여기저기 흩어져 있는 모양

신록과 나

최서해

　우리 집은 선의궁('선희궁'의 오기로 보임. 영조의 후궁이자 사도세자의 생모인 영빈 이씨의 위패를 봉안한 사당) 앞 큰길 건너편이외다. 대문을 나서면 고양이 이마빡만 한 배추밭이 있습니다. 그 밭을 왼편으로 끼고 이삼 간(間, 길이의 단위. 한 간은 여섯 자로 1.81818미터) 나오면 실개천이 있습니다. 그것은 바로 선의궁 앞 큰길가인데, 인왕산에서 흐르는 물과 우리 동네에서 먹는 우물물이 서로 어울려서 졸졸졸 흐르고 있습니다.

　그 개천가에는 늙은 버드나무가 드문드문 실처럼 늘어진 가지를 떡하니 이고 서 있습니다. 실같이 늘어진 그 가지가 연둣빛으로 물들어 봄바람에 하늘거리는 것을 나는 이제야 비로소 보았습니다.

　아침에 어린애가 밥 짓는 아내를 하도 조르기에 아이를 안고 큰길로 나갔다가 보았습니다. 이것은 거짓말 같은 참말입니다. 내가 이 동네로 이사한 지가 하루 이틀이 아니요, 그 버드나무 가지가 푸른 것 또한 하루

이틀이 아니었을 터인데, 내 눈에 뜨인 것은 어제 아침이 처음이었습니다. 마음이 허울(실속이 없는 겉모양)의 수고를 받으니 그런지 또는 내가 너무도 무심하여서 그런지는 모르나, 하여튼 바로 집 앞에 우거져 가는 버들잎을 어제야 비로소 봤을 때, 나는 어쩐지 나라는 존재를 너무도 어이없이 느끼지 않을 수 없었습니다.

나른한 아침 연기 속을 고요히, 그리고 정답게 흘러내리는 아침볕을 받고 서서 어린애 뺨같이 부드러운 싹에 실실이(실처럼 가는 가지마다) 푸른 그 가지를 보는 내 가슴은 까닭 모를 애틋함에 흔들렸습니다. 북악(北岳, 서울 경복궁 북쪽에 있는 산악)의 푸른빛과 인왕산 머리의 아지랑이도 모두 처음 보는 것 같았습니다.

천지는 이렇게 푸르렀습니다. 늙은 나무에까지 움(풀이나 나무에 새로 돋아 나오는 싹)이 텄습니다. 그래도 나는 몰랐습니다. 한 사래(갈아 놓은 밭의 한 두둑과 한 고랑을 아울러 이르는 '이랑'의 옛말)의 밭도 없는 내가 철은 알아서 무엇하리까만, 생각해보면 철을 모르는 인간처럼 미미한 존재는 세상에 또 없을 것입니다. 무엇이 나의 귀를 막고, 무엇이 나의 눈을 가리었던고.

나는 가슴에 안겨서 철없이 방긋거리는 어린것의 뺨을 문지르며 따스한 햇볕이 흐르는 신록의 천지를 다시 보았습니다. 저 빛이야 철을 잃으리까만, 이 어린것들의 장래는 어찌 될는지.

_1930년 6월 《별건곤》

무하록

김상용

맹아(盲兒, 앞을 보지 못하는 아이)

복날치고도 뜨거운 햇볕이 거리에 내리쬐었다. 나는 전차를 탔다. 하지만 승객들의 체열과 땀 냄새가 더운 공기와 합쳐져 차 안의 공기는 이미 손에 감길 듯이 독하고 끈끈했다. 그나마 차가 달리면 약간의 바람이 열린 창틈으로 들어와 승객들은 탁류 속의 물고기처럼 창을 향해 얼굴을 삐죽 내밀었다.

그 틈에 나는 앞에 앉아 있던 한 여인을 주목하였다. 초라한 행색이었다. 오랫동안 빗질이라고는 하지 않은 것 같은 머리와 때가 덕지덕지 묻은 옷, 화장기 없는 땀에 젖은 얼굴… 어딘지 모르게 약간 부족해 보였다. 눈에 균형이 없는 것이 사시(두 눈이 정렬되지 않고 서로 다른 지점을 바라보는 시력 장애)요, 스물을 하나둘 넘었을 듯했다. 무릎 위에는 어린애가 누워 있었다. 그 모습을 본 나는 말할 수 없는 충격을 받았다. 태어난 지 네댓 달이나 되었을까. 아이는 엄마로 보이는 여자의 행색 못지않게 때가 덕지 덕지 묻은 인조견에 몸이 싸인 채 여자의 무릎 위에 잠잠히 누워 있었다. 하지만 눈시울이 서로 맞붙어 있는 것이 그 역시 앞을 보지 못하는 듯하였다.

순간, 나는 이 가엾은 여인이 어느 탕아(蕩兒, 방탕한 사나이)의 성적 폭력의 희생양은 아닌가 하는 생각이 들었다. 가엾은 여인이다. 그러나 아직 천지가 무엇인지도 모른 채 어미의 무릎 위에 누워 무더운 거리를 달리고 있는 어린 것의 숙명에 비하면, 여인의 가엾음쯤은 전혀 문제가 되지 않았다.

휘황찬란한 전등 아래 놓인 각양각색의 과실을 보고 돌아서다가, 지나가는 맹인을 만나 마음의 충격을 받았다는 모(某) 시인의 글을 읽은 적이 있다. 하지만 이 어린 것이 운명적으로 타고난 비애에 비하면 그것은 아무것도 아니다. 그것은 사람의 흉금(胸襟, 겉으로 드러내지 않고 마음속으로 품은 생각)조차 막기 때문이다.

살 만큼 살아본 이는 인생이 얼마나 험한지 잘 알고 있다. 더욱이 그 험한 길을 이 어린 것은 눈도 없이 살아가야 한다. 살아 있는 한 그는 자연의 아름다움도 꽃도 구름과 낙조의 빛도 거부된 암흑의 길바닥을 막대로 더듬어 걸어야 한다.

거리의 영웅

이웃집 행랑에 박 서방 네가 살았었다. 박 서방 내외와 어린 것이 넷, 그리고 노모까지 모두 일곱 식구를 박 서방 혼자서 벌어먹였다. 그래서인지 아직 마흔네다섯 살밖에 안 되었지만 심한 고생으로 인해 얼굴에 주름살이 가득했다.

5~6년 전까지만 해도 그는 마차(馬車) 꽤나 부려 비록 셋방이나마 걱정 없이 살았다고 한다. 그러나 어느 해 겨울, 물건을 가득 싣고 얼음 깔린 언덕길을 올라가다가 말이 미끄러지는 바람에 두 길이나 되는 벼랑에 떨어져 말은 죽고, 그는 다리가 부러진 채 겨우 목숨만 건졌다고 한다. 문제는 그다음이었다. 석 달 동안을 누워서 치료하노라니 남아 있던 차체마저 다른 사람에게 넘어갔고, 치료 후 아픈 것은 나았지만, 결국 한쪽 다리를 잘 쓰지 못하게 되었기 때문이다. 또 말과 차를 새로 살 형편도 안 되었거니와 다리를 절게 된 이상 그런 것이 있다고 해도 부릴 힘도 없었다.

할 수 없이 그는 지게를 지고 품삯을 팔러 거리로 나섰다. 마차를 부리던 시절에 비하면, 수입이 보잘것없었지만 달리 방법이 없었다. 더욱이 그러는 동안에도 아이가 둘이나 늘었고, 얼마 후에는 방세를 낼 돈마저 떨어져, 물을 길어주는 조건으로 내 이웃집 행랑 한 칸을 겨우 얻어 일곱 식구가 이사를 왔다. 그러다 보니 박 서방의 벌이가 시원찮은 날이면, 온 식구가 끼니를 거를 수밖에 없었다. 어느 날인가 박 서방이 내게 돈을 빌리러 온 일이 있었다.

"세상에 정말 기막힌 일도 많습니다. 어린 것들이 배가 고프다며 우는데, 어미 아비가 되어서 먹을 것 하나 주지 못하는 걸 생각해보십시오. 아마 이보다 더 기막힌 일은 없을 것입니다. 두 끼를 굶은 아이들이 넘어져서 우는 것을 차마 볼 수 없습니다."

그의 눈에는 이미 눈물이 가득 고여 있었다.

얼마 후 눈이 펄펄 휘날리는 초겨울 저녁, 나는 집으로 돌아오는 그를 본 적이 있다. 어찌 된 일인지, 그날따라 그의 주름진 얼굴 가득 웃음을 띠고 있었다.

"오늘은 벌이가 괜찮아서, 아이들이 먹고 싶어 하는 걸 몇 가지 사 가는 길입니다."

과연, 그의 지게에는 작은 쌀 주머니와 청어 몇 마리가 실려 있었다. 아마 그마저도 오늘 밤 먹고 나면 끝일 것이다.

한쪽 다리를 절며 기분 좋게 제집을 향해 올라가는 박 서방. 나는 더는 그를 지켜볼 수 없었다. 그는 부러진 다리와 나무막대 하나로 일곱 식구의 목숨을 악착같이 책임지고 있었다.

무명의 영웅! 나는 그를 결코 잊을 수 없다.

이웃집에서 행랑마저 쓸 일이 있게 되어, 그가 여섯 노유(老幼, 늙은이와 어린아이)를 앞세우고 남촌(南村, 청계천 이남의 남산자락) 어딘가로 떠난 지도 벌써 일 년. 아마 지금도 그는 어느 거리를 헤매고 있을 것이다.

역설(逆說)

한 달에 한 번씩 회계과 창문을 통해 내밀어지는 납작한 봉투 한 장. 그 안에는 십여 식구의 옷과 밥은 물론 교육비 및 의료비, 오락비 내지 별의

별 세금을 책임지는 것이 들어 있다. 정말 요술 주머니임이 틀림없다. 그러나 요술 주머니이되, 요술 주머니가 아니다. 한없이 나오는 것이 아니기 때문이다. 경험해본 사람은 안다. 한참 그 안에 들어 있는 것을 꺼내다 보면, 결국 주머니가 털털 비고 만다는 것을. 그러니 저축은 생각할 수도 없다.

이를 악물고 아이들의 허리띠를 졸라매 볼까. 그래서 몇 푼이라도 떨어지면 십 년, 이십 년 저축이라도 해볼까. 아서라! 그래 봤자 얼마나 모을 수 있으랴.

저 귀금속 진열장 속에서 반짝반짝하는 돌 달린 고리 하나를 두고 생각해볼까. 이는 정가표 농(弄, 희롱)이 아니다. 성한 사람이 제정신으로 붙인 것이라면 이십 년 아니라 이백 년을 모은들 내 것이 될 수 없기 때문이다. 다른 사람이야 어찌 보건, 나만은 대장부로 믿는 것이 인간의 아름답지 못한 선성(善性, 착한 성질)이다. 그런데 대장부 하나가 일평생을 간두(竿頭, 더할 수 없이 어렵고 위태로운 지경)에 매달려도 저 조그만 돌 하나 얻을 수 없는 것이 현실이다.

나와 내 친구의 비극은 여기서부터 시작된다. 그러나 저 돌과 일 전짜리 유리알은 과연 어떻게 구별할 것인가. 나는 이 문제에 눌려 어렴풋이 맥을 풀고 만다. 결국, 이 문제의 답은 영원히 해결할 수 없는 것인가.

아—6층에 이르는 수백 개의 계단을 올랐다 내려가는 목적이 오직 여기 있었구나. 천요만염(千妖萬艶, 온갖 요망한 짓과 아름다운 짓을 아울러 이르는 말)이 빛을 다투는 가운데, 나는 하필 '스토아'적 견유(犬儒, 기성의 권위와 가치를 멸시하여, 세상을 냉소적으로 보는 학자)로 태어남이 못내 슬프다. 은행의, 호텔의 일등차실(一等車室)의 존재의 의미를 찾다 까무러치는 자리에서 나는 '고등어' 대가리를 좋아하는 내 야릇한 성벽(性癖, 굳어진 성질이나 버릇)과 마주해야만 했다.

부성애(父性愛)

사치와 일락(逸樂, 편안히 놀기를 즐김)의 거리. 사치스럽고 화려한 돈의 잔치가 밤낮으로 벌어진다. 상 가득 산해진미가 차려졌건만 오히려 젓가락 옮길 곳이 없다.

그런 곳에 비하면, 지금 내가 앉아 있는 이곳은 너무도 질박하다. 실리적이라고나 할까. 출입문 유리창에 붙어 있는 '설렁탕' 석 자가 이 집의 존재의 의의를 말해주고 있을 뿐이다.

커다란 무쇠 가마에서는 쇠족(소의 발)을 삶는 김이 무럭무럭 피어오른다. 구수한 냄새가 코를 자극한다. 그렇다면 뚝배기 가득 따뜻한 국밥으로 뱃가죽의 주름을 펴면 그만 아닌가.

나는 우선 모자와 윗옷이 없어도 출입을 허락하는 이 집의 관용에 감사한다. 흙 묻은 마룻바닥, 질 소래기(진흙으로 만든 밑이 납작하고 깊이가 약간 있는 그릇), 채반(싸릿개비나 버들가지로 울이 없이 넓적하게 엮어 만든 그릇), 검은 살빛, 땀 냄새와 파리…

체(가루를 곱게 치거나 액체를 받거나 거르는 데 쓰는 기구) 장수 부부가 지고 들고 있던 물건을 문 앞에 내려놓고 들어왔다. 분명 그들의 자녀일 두 어린 것이 뒤따라 들어와 내 앞에 자리를 정한 후 한편에 두 명씩 마주앉는다.

"설렁탕, 한 그릇만 주세요."

남편 되는 사람이 종업원을 향해 공손하게 말했다.

잠시 후 종업원은 설렁탕 한 그릇과 김치 보시기를 갖다가 그들 앞에 내려놓았다.

"미안하지만, 숟가락 두 개만 더 주세요."

이번에도 남편 되는 사람이 종업원을 향해 공손하게 말했다.

종업원은 여전히 이렇다저렇다 말없이 숟가락 두 개를 가져다가 설렁탕 그릇에 넣어준다. 그러자 아내 되는 여자와 두 아이가 숟가락을 들었고, 여자는 소금과 파를 이용해 간을 맞추었다. 그러고는 남자를 향해 숟가락을 내밀며 말했다.

"자—잡숴보세요."

"난 됐소. 속이 좋지 않아서 못 먹겠으니, 당신과 애들이나 먹으오."

"그러지 말고 좀 잡숴 보세요. 뭘 드셨다고 속이 안 좋다고 그래요?"

"허 참, 먹은 것이 없어도 속이 안 좋다니까 그러는구려. 난 담배나 피울 테니, 어서 먹어요. 아이들이 배고파하잖소."

결국, 아내는 두 어린 것과 함께 설렁탕을 먹기 시작했다. 하지만 두 어린 것이 밥을 뜰 때마다 숟가락 위에 김치를 놓아주고, 고기를 골라 똑같이 나눠주느라 바빴다. 그러다 보니 밥 먹을 틈이 없었다. 한 수저 떴다고 해도 그 안에는 약간의 국물만 있을 뿐이었다.

그동안 남편은 몇 개의 담배꽁초를 부숴 곰방대에 채워 넣은 후 한 모금 빨며 세 사람을 쳐다본다. 하얀 담배 연기가 그의 얼굴을 스치며 거미줄 낀 천장을 향해 피어올랐다.

___1938년 8월 17일~25일 《동아일보》

여름 풍경

채만식

다음 이야기는 고향에서 한여름을 지낼 때 실제로 있었던 일이다.

낚시

반생(半生, 한평생의 반)에 처음으로 낚시질을 가려고 약속을 해놓고, 이튿날 아침 부지런히 일어나보니, 이미 해가 둥둥(작은 물체가 떠서 움직이는 모양) 솟은 아홉 시였다. 그래 부랴부랴 소쇄(세수)와 조반(아침 식사)을 마치고 이웃에 사는 이 군 집으로 달려갔다. 태공망(太公望, 강태공을 말하는 것으로 '낚시꾼'을 비유적으로 이르는 말)이란 건 여유롭고 팔자 좋은 것이라더니 내게는 그렇지 못함을 통감해야 했다.

이 군은 이미 모든 준비를 마치고 나를 기다리고 있었다. 낚싯대, 낚싯줄, 낚싯밥, 깻묵, 자리, 다래끼, 말뚝, 양산 그리고 점심… 모두 우리 두 사람분이었다.

잠시 후 우리는 가방을 척척 둘러멘 후 장도(壯途, 중대한사명이나큰뜻을품고 길을나섬)에 올랐다. 우리는 고의적삼(여름에입는홑바지와저고리)에 위에는 밀 짚으로 만든 벙거지를 쓰고, 아래는 풀대님(바지나고의를입고서대님을매지아 니하고그대로터놓음)으로 무장했다. 그리고 혹시 있을지 모를 뱀을 위해 구 두를 신었다.

본디(처음부터또는근본부터), 우리 고장에서는 젊은 사람들이 낚시질하러 다니면 중늙은이들이 '호래자식(배운것없이막되게자라교양이나버릇이없는사람 을낮잡아이르는말)'이라고 욕을 했었다. 그러나 이제 세상이 좋아져서 태공 망 적령제(適齡制, 어떤표준이나규정에알맞은나이)가 해제되어, 요즘은 누구나 하고 싶으면 맘 편히 다닐 수 있게 되었다. 그래도 아직 콧등이 새파란 젊 은 놈들이 낚싯대를 둘러메고 동네를 활보하기는 어쩐지 민망했다.

근 십 리쯤 떨어진 낚시터에 도착하니 한낮이 되었다. 우리는 물고기 를 유인하기 위해 우선 물에 깻묵을 끼었었다. 그리고 각자 자리 옆에 말 뚝을 박은 후 양산을 비끄러매었다(줄이나끈따위로서로떨어지지못하게붙잡아 맴). 그래야만 한여름의 따가운 햇볕을 가릴 수 있기 때문이다—

이 군은 내가 앉은자리에 받침대를 꽂고, 낚싯대를 드리울 어름(구역과 구역의경계)을 맞춘 후 낚시하는 법을 설명해주었다. 비록 어리기는 했지 만, 낚시로는 내게 스승이었다. 그에 비하면, 나는 신입생이나 마찬가지 였다.

나는 이 군이 시키는 대로 낚싯밥인 지렁이를 낚시에 끼운 후 낚싯대 의 탄력을 이용해서 낚싯줄을 물에다 던졌다. 그리고 낚싯대를 조금 당기어 받침대에 걸어놓으니, 낚싯줄 중간에 있는 낚시찌가 오르락내리락 하더니 곧 제자리를 잡았다.

'하하, 저놈이 기묘한 신호를 하는 놈, 즉 스파이구나! 그러니까 물고기로 보면 대적(大敵, 강한 적)이다. 그나저나 언제 물고기가 와서 낚싯밥을 물으려나?'

하지만 아무리 초조하고 성급해도 물고기가 물지도 않은 낚시를 잡아챌 수는 없다. 태공망의 '기다림'의 철학이 바로 여기에 있음을 나는 절실히 느꼈다. 물고기가 물지 않으면 온종일이라도 그냥 앉아 있어야 할 테니 말이다.

10초… 30초… 1분… 2분… 5분…

아무리 기다려도 물고기는 소식이 없었다. 옆을 바라보니, 이 군은 아직 낚시조차 드리우지 않은 채 준비가 한창이었다.

"여보게, 통 물지를 않네!"

"흥! 그렇게 쉽게 물면 짐꾼 데리고 와서 짊어지고 가게. 진득하게 기다리다가 무는 놈이나 놓치지 말게."

역시나 태공망의 철학을 닮은 사람답게 느긋했다.

그렇게 10분쯤 낚시찌를 바라보고 있었을까. 돌연(실로 돌연이다) 낚시찌가 간당간당(물체가 자꾸 가볍게 흔들리는 모양) 놀고 있는 게 보였다.

나는 앞뒤 생각하지 않고 낚싯대를 힘껏 잡아채었다. 그리고 커다란 물고기가 후드득거리며 선명한 은린(銀鱗, 은빛이 나는 비늘)을 번뜩이며 달려올 것을 예상하고 싱긋 웃었다. 그러나 이 얼마나 멋없고 쓸쓸하냐! 힘없이 채어지는 낚시에는 빈 낚시만 대롱대롱! 진실로 싱겁고 멋없기란!

그것을 보고 이 군은 "밥만 때웠네 그려?" 하고 남의 속도 모른 채 빈정 거렸다.

나는 다시 미끼를 끼운 후 낚시를 드리웠다. 이번에야말로 절대 실패 하지 않으리라는 굳은 결심과 함께.

이 군에 의하면, 낚시찌가 간당간당하는 것은 고기가 아직 낚시를 물 지 않고, 미끼만 조금 떼어서 맛을 보는 것이라고 한다. 그러니 그때는 그 냥 둬야 한단다. 그러면 미끼 맛을 보고 난 고기가 다음 순간 낚싯밥을 덥 석 물고 휙 달아나는데, 그 찰나에 낚싯대를 잡아채야 한다. 그런데 나는 거기까지는 미처 생각도 하지 못한 채 서둘러 낚싯대를 잡아채고 만 것 이다.

나는 '이번에야말로!'라며 뚫어지게 물과 낚시찌를 바라보았다. 그러 기를 약 5분쯤 흘렀을까. 마침내 낚시찌가 놀기 시작했다. 그것은 아주 미묘하게 간당간당하고 있었다.

나는 살그머니 낚싯대를 잡고 다음 순간을 준비했다. 그랬더니 아니나 다를까. 낚시찌가 물속으로 푹 가라앉는 게 아닌가.

순간, 나는 벼락같이 낚싯대를 잡아챘다. 비록 가늘기는 했지만, 손바 닥에 느껴지는 진동과 묵직한 반발력! 어느 남녀의 사랑이 그보다 더 아 기자기하리오. 물론 그 감각은 광선보다도 더 빠른 순간에 맛보는 것이 었다. 그러니까 그것은 마치 라듐(알칼리 토류 금속에 속하는 방사성 원소)만큼이 나 귀중한 것이다.

그런 짜릿한 쾌감을 주면서 낚시 끝에 물고기가 매달려 올라오고 있었다. 얼핏 보니, 아주 못생겼다. 누르스름하고, 입이 커다란 데다 격에 어긋나게 수염까지 난 자가사리(통가릿과의 민물고기)란 놈이었다. 하지만 그런 것은 내가 알 바 아니다. 좌우간 나는 톡톡히 재미를 봤을 뿐만 아니라 고기를 낚는 데도 성공했다. 그러나 두 번째는 허탕을 치고 말았다. 다행히 세 번째에 붕어 한 마리가 지느러미에 낚싯바늘이 꿰어진 채 올라왔다. 아마 미끼는 다른 놈이 먹고, 옆에 있다가 잘못 걸려 올라온 모양이었다.

재수 없이 게 한 마리가 물려 올라오기도 했다.

그렇게 해서 집에 돌아올 때 내 그릇에는 총 여섯 마리의 물고기가 들어 있었다. 반면, 낚시 스승인 이 군 그릇에는 네 마리가 들어 있었다. 물고기도 사범을 알아보는 모양이지!

이 군은 근래에 없는 불어(不漁, 물고기가 잘 잡히지 않음)라며 매우 우울해했다. 나는 단 한 마리만 낚았어도 만족했을 텐데, 여섯 마리나 낚아 매우 유쾌했다.

비응도의 노인

부청(府廳, 부의 행정 사무를 처리하던 관청)이라는 곳은 유별나게 의혹이 많다. 그래서인지 주민들에게 곧잘 서비스도 하는 모양이다.

얼마 전 군산부(群山府)가 주민들을 위로한다고 항구 바깥에 있는 비응도(飛應島)에 해수욕장을 개설했다. 마침 군산을 갔던 길에 나는 친구 몇 명과 함께 그곳으로 해수욕을 가게 되었다.

임시로 통행하는 배의 홀수선(吃水線, 배가 물 위에 떠 있을 때 배와 수면이 접하는 경계가 되는 선)이 푹 가라앉을 만큼 나 같은 어중이떠중이를 가득 태운 배는 통통거리며 항구를 벗어나 섬이 드문 서해를 달렸다. 서해가 누렇다고 누가 그랬소? 이렇게 맑기만 한데—비록 동해만은 못하지만.

뱃속까지 시원한 바닷바람을 맞으며 뱃전에 서 있자니, 배는 어느덧 목적지인 비응도에 도착했다.

바다는 이미 수많은 인파로 가득해 그야말로 새까맸다. 마치 콩나물시루 속에 가득 찬 콩나물처럼 그 수를 어림짐작할 수도 없을 만큼.

벌거벗은 아이들과 여자, 남자… 모두 아담과 이브 이전으로 돌아간 듯했다.

나는 수영을 못하기 때문에 한동안 보트를 빌려 타고 놀다가 그것마저 싫증이 나서 뭍으로 올라오고 말았다. 주위를 빙 둘러보니, 저편 언덕 밑으로 인가(人家, 사람이 사는 집)가 두어 채 보였다.

옷을 걷어 입고 그쪽을 향해 걷기 시작했다.

사실 이 섬은 절해고도(絶海孤島, 육지에서 아주 멀리 떨어진 외딴 섬)였다. 또 섬 자체가 매우 작아서 이 넓은 바다 가운데 놓여 있다가 거센 풍랑에 혹시 씻겨나가지나 않을지 마음에 걸릴 정도로 위태위태했다. 그래도 사람이 살았고, 논을 풀어 얼마간의 농사를 지었다. 얼핏 들으니, 다섯 가구에 열네 명이 살고 있다고 했다.

'왜, 이런 곳에서 살까?'

가장 가까운 항구인 군산까지 가려면 바람과 물을 잘 만나도 목선(木船)

으로 꼬박 반나절이 걸린다는데. 그렇다고 해서 섬 부근에서 생선이 많이 잡히느냐 하면, 그렇지도 않다. 땅이 기름져서 농사짓기가 좋은 것도 아니다.

섬사람들은 매우 가난하다. 그러면서도 육지가 저버리고, 시대와 세상이 저버린 이곳에서 그런대로 살아가고 있다. 그렇다면, 그들은 진세(塵世, 정신에 고통을 주는 복잡하고 어수선한 세상)를 피해 살아가는 선인(仙人, 도를 닦는 사람)이 아닐까. 그렇지도 않다. 도리어 육지 사람들보다도 더 현실적이고, 잇속(이익이 되는 실속)에 밝다.

고추밭 언덕에서 노파 하나가 풀을 뽑고 있었다.

나는 노파에게 다가가 이렇게 물었다.

"할머니, 언제부터 예 와서 사시우?"

노파는 힐끔 돌아보더니, 웬 양복쟁이가 와서 이러느냐는 듯이 내키잖게 코대답을 한다.

"한 칠십 년 되우. 왜 그러우?"

"아니, 나는 여기 놀러 온 사람인데 하도 한적해서 묻는 말이요… 여기서는 생화(生貨, 먹고 살아가는 데 도움이 되는 벌이나 직업)가 무어요?"

"농사도 짓고 고기도 잡지요."

"왜 군산 같은 데 좋은 데 가서 살지 이런 데서들 사우?"

"살던 데가 좋지요."

이 말은 확실히 내게 울리는 맛이 있었다. 그렇다. 사람은 다른 곳만 못하더라도 자기가 사는 곳이 좋은 법이다. 노파도 여기서 나고 자라 살다

가여기서 죽을 것이다.

"뭐하러들 와서 저렇게 요란하우?"

노파가 나더러 묻는다.

"해수 찜하러 왔답니다."

"어데 바닷물이 없어서 여기까지 와?"

노파는 입을 삐쭉한다.

박꽃 피는 저녁

내가 나고 자란 집.

어느덧 해가 지고, 더위가 슬며시 물러갔다. 그러자 기다렸다는 듯이 섶 울타리의 박꽃이 한꺼번에 환히 피어난다. 뒤울(집 뒤의 담이나 울타리) 안 장독대 옆에서는 조그마한 분꽃이 함께 핀다.

산들바람이 지나가다가 이슬 어린 거미줄을 톡―하고 건드린다. 어스름은 짙어간다. 그럴수록 박꽃은 더 희고, 더 은근하게 어둠 속에서 뚜렷이 떠오른다. 박꽃은 제일 예쁜 꽃은 아니다. 촌 새색시처럼 부끄럼을 타는 꽃일 뿐.

옛날 궁에서 왕비를 간택할 때 "무슨 꽃이 제일 좋으냐?"라고 물었더니, "벼꽃과 목화꽃이 제일 좋다."라고― 한 이가 뽑혔다는 이야기가 있다. 만일 내가 그 간택의 소임을 맡은 이였다면 그런 정취 없는 이를 왕비로 뽑지는 않았을 것이다. 꽃은 사람에게 아름답게 보여서 좋은 것이지 특정한 열매를 맺기 때문에 아름다운 것은 아니다. 그러므로 "벼꽃과 목화꽃이 제일 좋소."라고 답한 이는, 비록 그 대답은 기발할지언정 엄밀히 말해 타산가(打算家, 자신의 이해관계를 계산하는 사람)라고 할 수 있다.

박꽃이 좋다는 것 역시 어찌 보면 그런 의미로 볼 수 있다. 하지만 실은 그렇지도 않다. 박꽃은 황혼에 피어 있는 것이 적막해서 좋기 때문이다. 적막하다는 것은 보는 사람에 따라서 다를지 모르지만, 여름 석양에 핀 박꽃을 보고 시원해하지 않을 사람은 없을 것이다.

텃밭에 저녁 안개가 소리 없이 내려앉는다. 벌써 옥수수수염이 시들고, 마늘에는 고동빛(검붉은 빛을 띤 누런빛)이 솟았다. 노랗던 쑥갓 꽃 역시 어느새 시들어버렸다.

텃밭 잡풀 위에는 축축한 빨래가 널렸다. 이슬이 내려 빨래를 적신 후 풀 끝에 대롱대롱 구슬이 맺게 한다. 나비도 풀 끝에서 하룻밤 지나가던 잠자리를 빌어 고단한 꿈을 맺는다.

모깃불을 태운 잿더미에서 매캐한 연기가 뭉게뭉게 피어오른다. 모기 떼가 사방에서 왱왱— 하고 떼 지어 무는 것이 깊은 땅속에서 울려 나오는 것처럼 멀게 들린다.

날은 아주 어두워졌다. 갈고리 진 초승달이 서쪽으로 넘어가려고 한다. 반딧불이 호박 덩굴 우거진 울타리 가에서 하나 또 하나 그리고 둘이 날며 반짝인다. 사립문 앞길을 지나가는 사람들의 이야기 소리가 도란도란 들리다가 사라진다.

밤은 촉촉하고 조용하다. 박꽃은 어둠 속에서 하얗게 빛난다. 호박벌이 날아와서 나래(날개)를 울린다. 밤에 피는 꽃에는 밤에 찾아오는 나비가 있다.

　마당에서는 밀짚 방석 위에 돗자리를 펴놓고 빨래 다리기가 한창이다.

　멀리 원두막에서 퉁소 소리가 끊겼다 이었다 들려온다.

　이렇듯 인상 깊은 고향의 옛집이 마당은 물론 텃밭도 없어진 채 겨우 형태만 남아 있다. 하지만 쓰러져가는 그 집 울타리에서도 이때쯤이면 박꽃이 환하게 피어나고 있으리라.

녹음(綠陰, 푸른 잎이 우거진 나무나 수풀. 또는 그 나무의 그늘)

　여름방학에 들어간 텅 빈 학교 경내는 마치 천 년이나 비어 있었던 듯이 한가하고 녹음이 짙다.

　옛날 동헌(東軒, 옛날 지방 관아)이었던 곳을 그대로 고쳐서 교실로 쓰는 육중한 기와집이 짙은 그늘 속에 박혀 있다. 그 옆으로 반듯반듯한 학교 건물이 두 개 나란히 놓여있다. 동헌 앞마당에는 둘레가 여섯 간(間 길이의 단위. 한 간은 여섯 자로, 1.81818m)이나 되는 느티나무가 들어앉아 커다란 그늘로 마당을 가득 덮고 있다.

　교실 앞으로는 잎이 우거진 벚나무가 일렬로 죽 늘어서 있다. 그중에는 내가 졸업하면서 심은 놈도 있다. 하지만 그것이 어느 나무인지는 운동장의 지형이 변해서 알 수 없다.

　넓은 운동장 변두리로는 키 크고 그늘 좁은 포플러나무가 빙 둘러서 있다.

　따가운 햇볕이 땅에 반사되어 눈이 부시다.

교실 처마에서는 참새들이 제멋대로 지저귀며 날뛴다.

포플러나무에서 쓰르라미(매밋과의 곤충)가 바람결에 지나듯이 스르르
―울다가 그친다.

졸릴 만큼 조용하다.

어디선가 노인이 장죽(긴 담뱃대)을 문 채 그늘에 앉아서 졸고 있을 것만
같다.

갑자기 교실에서 오르간 소리가 단조롭게 울린다. 당직 교원이 심심하
다 못해서 짚는 모양이다.

어느 구석에서 나왔는지 콧물 흘리는 아이들이 한데 몰려간다.

해는 길어서 이제 겨우 한낮이다. 아마 이 해가 지려면 몇백 년은 더 있
어야 할 것이다.

학교 왼쪽 언덕바지가 옛날 '감나무골'이다. 감나무가 많아서 그렇게
불렀단다. 하지만 그곳에는 대추나무도 많았고, 집을 에워싸고 있던 대
숲 역시 매우 무성했었다. 그러나 이제 대숲도, 감나무도 모두 사라지고
말았다. 옛 집터에도 모두 새집이 들어섰다.

그곳에 살던 내 친구 '오동(伍童)이!' 이제 감나무골은 이름만 남고, 주
인이 때때로 갈리는 보통학교 교장이 임시로 들어 살고 있다. 그래서 빨
랫줄에 저렇게 붉은 메린스(Mousseline, 인조견 따위로 짠 얇고 깔깔한 편직물)의 '지
방'이 펄렁거리고 있다. 그것을 예나 다름없는 군기 터 팽나무가 우두커
니 바라다보고 있다.

옛날 같으면 원님이 버티고 앉아 있을 동헌으로 올라가 아이들의 책상

을 모아놓고 드러누웠다.

이십 년… 이십 년 전에는 나도 여기서 콧물 꽤나 흘리며 공부를 했었다. 감나무골 오동이도 있었고, 그 밖에 다른 친구들도 있었고…

그 뒤 이십 년이 어떻게 해서 지나갔는지, 나는 거짓말 같아 미덥지 않다. 혹시 옛날 이 동헌에 앉아 이 고을 백성을 다스렸던 원님 가운데 살아 있는 이가 있어 지금 이곳에 와 본다면, 그는 나보다도 더 감회가 깊으렷다.

이런 생각을 하다가 마주치며 불어오는 시원한 바람에 그만 잠이 들고 말았다. 그리고 어린 시절의 꿈을 꾸었다.

잠에서 깨어나고 보니, 해가 제법 기울어지고, 그늘진 테니스 코트에서는 라켓에 공 맞는 소리가 퐁퐁— 한가롭게 들려온다.

_1936년 7월 17일~18일, 20일~22일 《조선일보》

처녀 해변의 결혼

이효석

인천이나 송도원(松濤園, 함경남도 원산에 있는 해수욕장. 명사십리와 해당화로 유명함), 주을(朱乙, 함경북도 경성 남쪽에 있는 읍. 온천으로 유명함) 산협(山峽, 산속 골짜기)에도 이야기는 많다. 하지만 누군가는 반드시 그곳 이야기를 쓸 것 같기에 비교적 알려지지 않은, 그러나 내게는 친숙하기 그지없는 독진해변(獨津海邊, 함경북도 독진에 있는 해변. 한반도 최북단의 동해 바다가 한 눈에 펼쳐지는 곳으로 유명함) 이야기를 쓰는 것이 적당하리라.

독진해변은 내게 있어 단순한 피서지가 아니다. 봄, 가을은 물론 겨울에도 마음만 먹으면 쉽게 찾아갈 수 있을 만큼 정이 든 곳이기 때문이다. ─사실 바다에 대한 나의 모든 감정과 생각은 이곳에서 태어나고 자라났다고 해도 과언은 아니다.

내게 있어 독진해변은 번잡하고 화려하지는 않지만 맑고 조촐한 그래서 더 값진 순결한 처녀지와도 같은 곳이다.

장개 고개 너머 아늑한 모래밭에는 제철이면 해수욕을 즐기려는사람들이 물개 떼처럼 지천으로 몰려와 와글와글 들끓는다. 그러나 고개 반대쪽은 다르다. 맑은 모래가 5리에 걸쳐 있는 그곳은 해 질 무렵이면 자디잔 새우 무리가 뛰어 올라올 뿐, 사람의 발자취라곤 찾아볼 수 없다.

내가 즐겨 찾는 곳은 물론 그곳이다. 손수 만든 밤샌드위치(학교 농장에는 밤이 흔했다)와 식지 않는 물통에 넣은 뜨거운 커피는 날마다 먹어도 결코 싫증이 나지 않았다. 그것만 있으면 해변의 하루는 언제나 즐거웠다. 더욱이 그곳에는 입맛을 돋우는 해초가 가득했다. 또 포구에서 들려오는 뱃소리가 심장의 장단을 맞춰주고, 기선(증기기관의 동력으로 움직이는 배)의 기적이 꿈을 빚어준다. 그 때문에 타고르(인도의 유명한 시인)처럼 종이배를 만들어 그 속에 이름을 적은 후 어디론가 띄워 보내고 싶은 생각도 들곤 했다.

중요한 것은 그곳에서는 다른 해수욕장처럼 귀찮게 수영복을 입을 필요가 없다는 것이다. 실오라기 하나 걸치지 않고 유유자적하게 백사장을 거닐 수 있을 뿐만 아니라 즐겁게 수영을 즐기면서 무료하지 않게 시간을 보낼수 있다.

나는 원시적 자태로 처녀 해변에서 매일 태양과 바다와 더불어 결혼식을 올렸다. ―태양은 빈틈없이 전신을 쪼여주고, 바다 또한 전신을 속속들이 안아주었다. 그런 까닭에 태양도, 바다도 나의 육체의 비밀을 샅샅이 알고 있다. 그렇다고 해서 부끄러울 건 전혀 없다. 태양과 결혼할 때면 온순한 신부요, 바다와 결혼할 때면 멋진 신랑이 되기 때문이다. 하지만 이는 당치도 않은 말일지도 모른다. 바다와 결혼할 때도 나는 역시 한 사람의 연약한 신부에 지나지 않기 때문이다. 그런데도 나는 날마다 결혼하는 재미로 그 처녀 해변을 무한히 사랑하였다.

_ **1936년 9월 《여성》**

소하일기

이효석

○월 ○일

10시쯤 일어나 사랑문을 여니, 손님도 잠이 깬 지 오래인지 그제야 침대에서 일어난다. 피곤이 덜 풀린 듯했다. 간밤에 들어온 것이 세 시를 넘은 때─요 며칠 동안 계속해서 이런 행동이 반복되었다. 따라서 그의 아침은 오전 10시를 기점으로 시작되었다.

Y는 서울에서 온 손님으로, 며칠 동안 그의 말벗이 되기 위해 나와 K, C가 함께 어울리게 되었다. 그러던 중 어제 함께 박물관을 찾았다. 하지만 월요일이어서 휴관. 그 길로 뱃놀이를 떠나 한밤이 되어서야 돌아왔고, 거기서 또 몇 집을 돌아다니다 보니, 어느덧 새벽 세시가 되었다. 이에 부랴부랴 서둘러 돌아오다 그만 소낙비를 만나 아래통을 그만 흠뻑 적시고 말았다. 그래서인지 오늘은 한결 더 피곤했다. 길을 떠나면 별로 하는 일 없이도 쉽게 피곤해지는 법이다. 자유롭게 쉴 시간이 거의 없기

때문이다.

이날은 좀 늦게까지 손님에게 쉴 시간을 주려고 했다. 하지만 그것도 이내 허사가 되고 말았다. 아침 식사를 마치자마자 K와 C가 박물관에 가자며 찾아왔기 때문이다. 우리는 차를 마시기가 바쁘게 다시 한패가 되어 집을 나섰다. K와 C는 각자 집을 떠난 몸으로 남는 것이라곤 시간뿐이었다. 나 역시 여름휴가 기간이어서 한가롭긴 했다. 그러나 놀면서도 마음은 항상 불안했다. 무거운 뭔가가 마음을 조여 왔기 때문이다. 유유자적할만한 넉넉한 마음의 수양이 필요하다는 걸 알면서도 그것을 실천하기가 매우 힘들었다.

사실인즉, 휴가 동안 Y와 함께 만주 쪽으로 여행을 가기로 했지만, Y에게 그만 사정이 생겨 연기해야만 했다. 그 대신 Y가 이곳으로 며칠 동안 놀러 온 것이다. 계획이 어그러져 버리니, 방심되면서 일이 영 손에 잡히지 않았다. 한동안 할 일 없이 지내는 것도 유유자적의 수양이건만 마음이 편치 못함은 어쩔 수 없었다.

이곳에 온 지 4년이 되었건만, 박물관 구경은 이번이 처음이었다. 낙랑과 고구려 시대의 유물, 유적, 고분 등을 보는 동안 찬란한 환상이 솟으면서 갖가지 의욕을 느꼈다. 낙랑의 문화는 결국 한인(漢人, 중국 한족)의 소산이었던 듯싶다. 고구려의 유물은 낙랑의 그것에 비하면 기품과 성격이 훨씬 더 거칠고 굳건했다. 생각건대, 여기서부터 우리 선조의 독창(獨創, 다른 것을 모방함이 없이 새로운 것을 처음으로 만들어 내거나 생각해 냄)이 시작되지 않았나 싶다. 어떻든 이 두 시대에 살았던 사람들의 업적은 놀라움 그 자체다. 회화 등에 나타난 품격으로 보면 로마 초기 문화와 비교해도 전혀 손색이 없다. 색상자의 색과 모양이며, 고분의 벽화는 그 색채의 전아함과 의장의 탁월함이 하나의 경이(놀라움) 그 자체였다. 이런 유물을 볼 때면 이 땅에 태어난 것이 자랑스럽다는 Y의 말이 결코 허튼소리가 아님을 여실히 느낄 수 있다.

박물관을 나온 우리는 고금의 문화에 관해서 이야기를 나누다가 또 대낮부터 술타령을 시작하였다. 술을 구해서가 아니라 그렇게밖에는 시간을 보내는 방법이 없었기 때문이다. 이집 저집으로 자리를 바꾼 것만도 서너 번. 그다지 신기한 것도, 특별할 것도 없음에도 몇 번씩 자리를 옮겼다. 그리고 보면 자리를 옮기는 것 역시 하나의 버릇이 아닌가 싶다. 그런가 하면, 나이가 듦에 따라 술집에 드나드는 것에도 점점 흥미가 없어져 간다. 이를 망발이라고 생각하는 사람도 있을 것이다. 하지만 이제 좀처럼 흥미를 끄는 여자도 없다. 이것이 바로 나이 듦의 변화가 아니고 뭐겠는가. 슬픈 일인지, 반가운 일인지는 알 수 없지만.

이럭저럭 객담을 건네는 동안 밤이 깊어 거리에 나왔을 때는 새벽 두 시가 넘어 있었다. 서둘러 돌아가기 위해 Y의 손을 붙잡아 끌었다. 하지만 K가 Y를 붙잡고 좀체 놓아주지 않아, 결국 Y는 또다시 K의 집으로 가게 되었다. C와도 헤어지고 혼자 걷는 길이 무척 피곤하고 헛헛했다(뭔가 채워지지 않고 허전한 느낌이 있음).

○월 ○일

Y를 기쁘게 할 일이 생겼다. 시골에서 온 한 문학부인이 친구를 찾아왔던 길에 Y의 소식을 듣고 이야기를 나누고 싶어 한다는 소식을 아내가 전해준 것이다. 급히 Y를 데려와야만 해서 점심 무렵 K의 집을 찾았다. 하지만 그곳에 Y는 없었다.

K에 의하면, Y는 아침 여덟 시 차로 떠났다고 했다. K가 전해준 명함에는—암만해도 오늘은 귀경해야겠고, 이렇게밖에는 형들의 호의를 물리칠 수 없으므로—라는 글이 쓰여 있었다. 오늘 저녁 양덕온천에 함께 가자는 언약도 있었는데—

여중(旅中, 여행 중)인지라 집이 퍽 궁금했던 모양이다. 나로 보면 섭섭한 일이요, Y로 보면 안타깝게도 문학부인과 이야기를 나눌 좋은 기회를 놓친 것이다. 그 득실은 두고 봐야겠지만 하루의 흥분을 물리쳐 버린 것이 Y가 나중에 들으면 아마도 통분할 일임이 틀림없었다.

집으로 갔다가 다시 피서지로 떠나 소설을 쓰겠다는 것이 Y의 계획이었다. 더위를 무릅쓰고 소설을 써야 한다는 것—거기에는 무슨 사정이 있는 듯했다. 연전(年前, 몇 해 전)만 해도 소설을 쓰느니, 뭐니 하던 말이 귀에 거슬리더니, 요즘에 와서는 그 뜻이 적잖이 달라졌기 때문이다. 문학이 뭇 시선의 대상이 되고, 그에 대한 인식이 바뀌자 건설의 뜻이 새로 덧붙여졌다. 그 때문에 더는 문학을 안일하게 생각할 수 없게 되었을 뿐만 아니라 어렵고 준엄한 것으로 고쳐 생각하지 않으면 외부로부터 조소를 당할 수도 있게 되었다. 좁은 우물 속의 문학이 넓은 외계의 조명을 받게

174

된 까닭이다.

K를 찾아왔던 C 역시 Y를 놓쳐서 헛걸음하고 말았다. 결국, 우리 셋은 다방으로 향했다. 더울 때는 집에 있기도, 거리에 나가기도 곤란했다. 그러다 보니 모이면 발걸음이 자연스럽게 밖으로 향했다.

우리는 간단히 점심을 먹은 후 K는 실망해서 집안일을 보러 들어가고, C와 나는 영화관을 찾았다. 알리바바의 옛이야기와 근대적인 이야기를 혼합한 에디 캔터(미국의 가수 겸 코미디언)의 희극이 생각보다 재미없었다.

영화관을 나와 K 식당에서 저녁을 마치고 나니 날이 어두워지면서 금방이라도 소낙비가 쏟아질 것 같았다. 아니나 다를까 전차로 두어 정류장 지나는 동안 비가 퍼부었다. 하는 수 없이 중간에 내려 H 백화점 식당에 올라가 비를 피하였다. 그런데 그 비가 인연이 되어 거기서 의외의 인물을 만날 줄이야. 아침부터 시작된 실의의 봉창을 거기서 대라는 계시였던 듯싶었다. C와 함께 그곳을 나와 결국 하루 저녁 무료한 그들의 말 벗을 해주었다.

○월 ○일

연일 계속된 술타령에 몸이 말할 수 없이 피곤했다. K와 C의 멀쩡한 기력에는 한 수 접을 수밖에 없을 것 같다. 정오가 넘어 두 사람이 나를 찾아왔다. 그들을 대하면 피곤도 온데간데없이 사라지고 만다.

우리는 함께 강으로 나갔다. 그리고 보니 두 사람에게는 강에 나가는 것이 일과 중 하나였다. Y가 다녀간 까닭에 잠시 끊겼던 것일 뿐. 이제 그 일과가 다시 시작되매, 나 역시 한 몫 끼게 된 셈이다. 사실 소하법(銷夏法, 여름을 나는 법)으로는 이만한 것이 없다. 하루 만에 나 역시 그 참맛을 완전히 알게 되었으니 말이다.

우리는 단골 가게에서 시원한 맥주 반 타(半打, 6병)와 통조림 등을 산 후 단골 뱃집에서 3인승 보트를 빌렸다. 그리고 앞강을 건너 반월도 옆 여울로 배를 끌어올려 뒷강에 이르니 반날 동안의 납량터(納凉—, 여름에 더위를 피해 시원한 느낌을 주는 곳)가 되기에 충분했다. 앞강과는 달리, 물이 맑고 얕은 데다 바닥에는 흰 모래가 깔린 것이 호젓한 수영장이 따로 없었다.

우리는 방향도, 목적도 없이 보트를 물의 흐름에 맡겼다. 그것만으로도 흐뭇하고 충분했다. 물은 왜 그리 흔하고 즐거운 것일까. 아마 여름의 혜택으로는 물이 으뜸일 것이다. 이 풍부한 쾌미(快美, 마음이 시원하고 아름다움)가 주는 자유를 생각하면 신기하기 그지없다. 한평생을 살면서 이렇게 흡족한 다른 무엇을 또 차지할 수 있을까. 아무리 생각해도 이것은 과분한 혜택인 듯하다.

머리만 물 위에 내놓은 채 수평선을 바라보면 수목(樹木)이 만드는 선과 구름, 그리고 물—이것뿐이다. 지저분한 협잡물(挾雜物, 부정한 것이 섞이어 깨끗하지 아니한 물건) 속에서 선택된 이 깨끗한 재료가 한계에 꽉 차면서 서늘한 느낌이 전신에 흐른다. 구름과 수목과 물은 좋은 것, 지성을 동심으로 환원시키는 것, 이런 자연을 대할 때마다 감탄밖에는 더 웅대할 방법이 없다. 부질없이 감탄만 하는 것이 감상주의 같지만, 이 감탄의 동심을 잃어버렸을 때의 비참함을 생각해보라. 그러니 평생을 감탄으로 지낼 수 있는 인생은 두말없이 행복한 것이리라. 따라서 야박한 마음속에 지혜를 감추고 한 줌의 감탄조차 잃어버리는 것이야말로 위험하고 불행한 일이다.

우리는 강을 헤엄쳐 건너 언덕 위 마을에 이르러 풋옥수수통과 감자를 바구니에 가득 사서 돌아왔다. 그러나 전원의 향기만 만끽했을 뿐, 배 안에서는 그것을 익힐 방법이 없었다. 할 수 없이 해가 그늘에 있을 때 병 속의 여향(餘香, 남아 있는 향기)을 정복한 후 다시 배를 끌고 강을 올라갔다. 올해 들어 겨우 수영을 터득해 그 실력이 10m 거리에 이르게 된 것도 유쾌한 일 중 하나였다—강물이 더는 무서워 보이지 않는 것도 실상은 이 때문이었는지 모른다.

한가할 때의 화제로는《데카메론》이나《캔터베리 테일》만한 것이 없다. 이 두 편의 고대 문학은 인간의 본성에 대해서 날카롭게 분석한 것으로, 출간 당시는 물론 지금도 많은 사람으로부터 회자되고 있다. 그러나 나는 이날 한 귀로 듣고 다른 귀로 흘리고 말았다. 일감을 갖고 나갔기 때문이다.

교정(校正, 교정쇄와 원고를 대조하여 오자, 오식, 배열, 색 따위를 바르게 고침)처럼 급하고 재미없는 일도 없다. 몇백 페이지에 이르는 원고를 며칠 동안 틈틈이 봤지만, 쉽사리 끝나지 않아 하는 수 없이 거기까지 가지고 나간 것이다. 물이 튀어 군데군데 붉은 상처를 남긴 재교 고(稿, 원고)를 가지고 집으로 돌아오니, 일곱 시가 조금 넘어 있었다.

○월 ○일

오늘도 두 사람이 나를 찾아왔다. 그러나 점심을 아직 먹지 않았다며 먼저 나갔다. 나는 30분쯤 있다가 차를 타고 단골 보트 가게로 갔다. 그곳에서 한참을 기다렸지만 두 사람은 나타나지 않았다. 무슨 일인가? 하고 의아해할 즈음, 그러니까 거의 한 시간이 지나서야 두 사람이 나타났는데, 웬 매생이(노로 젓는 작은 배)같이 생긴 것을 타고 있었다. 거리에서 우연히 만난 친구에게 빌렸다는 것이었다. 그렇지 않아도 얼마 전부터 보트 사냥에 싫증을 느끼고 있던 터라 한 번쯤 매생이 놀음을 하고 싶었다. 그런데 두 사람이 그것을 눈 깜짝할 사이에 구해온 것이다. 배 위에는 이미 고기를 잡은 후 어죽을 끓일 수 있는 도구가 준비되어 있었다. 한 가지 빠진 것이 있다면, 가장 중요한 닭이 없다는 것이었다. 어죽은 물고기로 쑤는 것이 아니라 닭고기로 쑤는 것, 그러니 닭이 없는 어죽은 있을 수 없었다.

잠시 후 강을 저어 올라가다가 우연히 보트를 탄 B를 만나 네 사람이 한패가 되어 닭 사냥에 나섰다. 하지만 어디에서도 닭을 쉽게 구할 수 없었다. 그러던 중 뱃사람 하나가 우리를 불쌍하게 여겼던지 장에서 구해온 닭과 술, 조미료를 조금 나눠주었다. 만일 그를 만나지 못했더라면 이 날 천렵은 꿈도 꾸지 못했을 것이다.

반월도 기슭에 터를 잡았을 때는 이미 해가 저문 뒤였다. 강의 습속(習俗, 습관이 된 풍속)은 그렇게 유유하고, 무신경하며, 한가로운 것이다. 낮의 천렵이 밤에 이르러도 좋은 것이며, 닭 한 마리를 구하기 위해 몇 시간을 보내도 괜찮다. 시간의 관념이 거리와는 완전히 뒤바뀌어 조바심을 일으키지 않기 때문이다. 거기에 강의 수양(修養)이 있는 것이요, 그 맛에 강을 찾는 것인지도 모른다.

천렵은 일종의 분업이다. 그 때문에 쌀을 이는 사람, 불을 때는 사람, 재료를 준비하는 사람 등 각자 해야 할 몫이 있다. 그중 가장 힘든 일은 살아 있는 닭을 잡는 것이다. 오늘 그 일을 맡은 것은 K였다. 그는 죽을힘을 다해 가며, 그것도 S의 조력을 받아 겨우 닭을 잡는 데 성공했다.

그나마 요리 솜씨가 뛰어난 C와 S 덕분에 죽은 진미(珍味, 빼어난 맛)였다. 이는 아전인수가 아니요, 분풀이는 더더욱 아니다. 장경관의 어죽보다도 곱절은 더 훌륭했다. 소주와 풋고추―어죽에는 이것이 들어가야 제격이다―가 들어가니 얼큰한 것이, 뱃놀이의 즐거움 중 최고는 역시 어죽놀이가 아닌가 싶다.

식사를 마칠 무렵, 보름달이 누르스름하게 솟기 시작했다. 적벽부(赤壁賦, 필화 사건으로 죄를 얻어 항저우에 유배되었던 소동파가 1082년 가을(7월)과 겨울(10월)에 항저우성 밖의 적벽에서 놀다가 지은 작품. 7월에 지은 것을《전(前)적벽부》, 10월에 지은 것을《후(後)적벽부》라고 한다)를 외면서 강변을 바라보니, 적벽의 운치가 따로 없었다. 모란봉의 독고(獨高, 고상함)한 자태며, 강기슭으로 길게 뻗쳐 내려간 등불, 강 위에 뜬 무수한 흥겨운 배의 풍경은 적벽 이상의 것이었다. 아직 가보지 못한 서구의 수도 베니스의 풍치인들 이보다 더할 것 같지 않았다.

조수(潮水, 밀물과 썰물)가 들어와 호수같이 고요한 강을 저어 내려갈 때는 참으로 수향(水鄕, 강이나 하천이 아름다운 지역)이라는 느낌이 들었다. 생각건대, 지금까지 본 것 중 오늘 밤의 운치가 가장 아름다웠다. 너무도 아름다운 것이 강 놀이의 마지막일 듯한―아닌 게 아니라 마지막이 될지도 모르는 게 K가 내일 십여 일 동안 양덕으로 떠나기 때문이다. 가서 좋은 일이 있으면 편지로 급히 우리를 부르겠다고 했지만, 어쨌든 그가 빠지면 강 놀이 역시 잠시 중단되어야만 할 것이다. 하기야 너나 할 것 없이 지친 터에 얼마 동안은 휴식이 필요하기는 하다. 몸도 너무 탔다. 멀끔하게 벗어지려면 또 올해가 다 가야 할 것이다.

__1939년 8월 7일~10일 《매일신보》

※ 소하(銷夏)-여름나기

돌베개

이광수

옛날 한시에 '고침석두면(高枕石頭眠)'이라는 말이 있다. '돌베개를 높이 베고 잔다.'라는 말로, 세상을 버린 한가한 사람을 말하는 것이다. '탈건 괘석벽 노정쇄송풍(脫巾掛石壁 露頂灑松風, 갓 벗어 바위에 걸고, 맨머리에 솔바람을 쏘이 다)'과 같은 말이다. 옛날뿐만 아니라 지금도 산길을 가노라면 무거운 짐 을 벗어 놓고 돌베개를 베고 자는 사람을 볼 수 있다. 그 모습이 참 시원해 보인다.

《구약성경》을 보면 야곱이 돌베개를 베고 자다가 좋은 꿈을 꾸었다는 이야기가 있다. 그러나 야곱은 세상을 버리거나 잊은 사람이 아니요, 큰 민족의 조상이 되려는 불붙는 야심을 품은 사람이었다. 결국, 그는 유대 민족의 큰 조상이 되었다.

연전(年前, 몇 해 전)에 처음 이 집을 짓고 왔을 때, 아직 베개도 가져오지 않고 목침도 없기에 앞개울에 나가서 돌 하나를 얻어다가 베개로 삼았다. 마침 여름이어서 돌베개를 베고 자는 맛은 참 시원하였다. 그때부터 나는 돌베개를 좋아하게 되었다. 그러나 돌베개에는 한 가지 흠이 있으니 무거워서 도저히 가지고 다닐 수가 없다는 것이다. 그 때문에 광릉 봉선사에 머물 때는 돌베개 하나를 더 구하였다. 그것은 참으로 잘 생긴 돌이었다. 대리석과 같은 흰 차돌이 여러 만년 동안 물에 갈리고 씻긴 것이어서 하얗기가 마치 옥과도 같았다. 그러나 광릉을 떠날 때 거기에 두고 왔다.

돌베개를 베고 자면 외양간에서 소의 숨소리가 들린다. 씨근씨근, 푸우푸우―하는 소리다. 나는 처음에는 소가 병이 든 게 아닌가 싶었다. 그러나 그런 것은 아니었다. 이십여 일을 계속해서 논을 가느라고 몸이 고단해서 특별히 숨소리가 크고 가끔 한숨을 쉬는 것이었다. 못난이니, 자빡뿔(뒤로 기울어지고 끝이 뒤틀린 쇠뿔)이니, 갖은 험구(險口, 헐뜯는 소리나 욕)를 다 듣던 우리 소는 이번 여름에 십여 집 논을 갈았다. 흉보던 집 논도 우리 소는 노여워하지 않고 갈아주었다. 그러고는 밤이면 고단해서 수없이 한숨을 쉬는 것이다.

__1948년 수필집 《돌베개》

여름의 유머

이광수

━ 소가 웃는다

보는 마음, 보는 각도에 따라서 같은 것이 다르게 보이기도 한다. 이것이 극에 달하면 똑같은 세계를 어떤 이는 지옥으로 보고, 다른 이는 극락으로 보며, 또 다른 이는 텅 빈 것으로 보기도 한다.

농촌의 여름 역시 마찬가지다. 즐겁게 보는 이가 있는가 하면, 괴롭게 보는 이도 있으며, 고락(苦樂, 괴로움과 즐거움)의 상반(相反, 서로 반대되거나 어긋남)으로 보는 이도 있다. 이를 두고 어느 것이 참이요, 어느 것이 거짓이라고 말할 수는 없다. 보는 이의 마음과 보는 각도에 따라서 변하기 때문이다.

여름의 농촌을 유머의 마음, 유머의 각도에서 보는 것 역시 마찬가지이다.

초복을 앞둔 어느 날 아침이었다. 나는 소를 개울가에 내다 매고 방에 앉아서 뒤꼍을 보고 있었다. 옥수수의 붉은 솔이 늘어진 것이 꼭 등에 업힌 어린애 같았다. 언제 봐도 그랬다.

옥수숫대는 어린 것이 잠이 깰세라 고이고이 업고 있었다. 달리아의 자줏빛, 보랏빛, 원추리 꽃의 노란빛, 호박꽃, 오이꽃도 노랗고… 복숭아꽃, 살구꽃은 붉거나 분홍이었다. 꽃들의 이런 빛과 처녀나 아기들의 분홍치마, 노란 저고리나 다 같은 뜻이라고 생각하고 빙그레 웃고 있을 때 삼각산과 불암산이 차례로 스러지고, 문재봉 봉우리에 뽀얗게 비가 묻어 들어왔다.

> 저 건너 갈뫼봉에
>
> 비가 묻어 들어온다.
>
> 우장(雨裝, 비를 맞지 않기 위해 쓰는 우산 · 도롱이 · 갈삿갓 따위)을
>
> 허리에 두르고
>
> 기심('잡초'를 일컫는 경상도 사투리) 매러 갈까나.

언제 들어도 좋은 우리 농촌의 정조(情操, 아름다움)다.

비는 큰소리를 내면서 내렸다.

'소!'

문득 개울가에 매어놓은 소가 생각났다. 이렇게 선선한데, 비를 맞혀도 좋지 않을까 싶었다. 사실 나는 소의 습성에 대해서 잘 알지 못했다. 그래서 여름비를 좀 맞는 것이 좋을 것도 같았고 고통스러울 것 같기도 했다. 그러나 그의 코 안 꿰인 조상들이야 비도 맞고 추운 데서 잠도 잤겠지

만 수백 대를 외양간에서 살아온 그는 조상들의 기운을 많이 잃어서 찬 비에 못 견딜지 모른다.

결국, 나는 소를 끌어들이기로 하고 대단히 큰일이나 하러 가는 사람처럼 비를 뚫고 개울가로 나갔다.

소는 시름없이 풀을 뜯고 있다가 고개를 들어 나를 바라보았다. 말은 못 하지만 반가운 것이다.

나는 소를 매어둔 말뚝을 뽑아 들고, 소를 향해 이렇게 외쳤다.

"이랴!"

그런데, 그 순간 비가 그쳤다. 동쪽 하늘이 훤하게 열리고 있었다. 나는 얼빠진 사람처럼 하늘을 휘둘러보고는 싱거운 듯이 한바탕 웃은 후 말뚝을 다시 박아 놓고 집으로 향했다. 소는 또 한 번 고개를 들어 나를 쳐다보았다.

집에 오는 길에 이웃 사람이 꾀죄죄하게 젖은 내 꼴을 보고 빙글빙글 웃으며 말했다.

"비 맞고 어딜 갔다 오슈?"

나는 말없이 웃고 말았다.

강아지와 소는 그리 좋은 사이가 아니다. 강아지라고 다 그런지는 모르지만, 우리 집 놈은 소를 못살게 구는 것을 큰 재미로 삼는다.

소가 외양간에 들어오면 오요(강아지 이름)는 소 곁으로 달려가서 한바탕 앙앙거리고 짖는다. 소는 그게 싫어서 머리를 내어 두르고 발을 구른다. 그러면 강아지는 더욱 신이 나서 앞으로 뒤로 배 밑으로 뱅뱅 돌며 짖기도 하고 무는 시늉도 한다. 그래도 소는 한참 동안 눈을 껌벅거리며 참는다. 하지만 소가 가만히 참고 있어서는 강아지에게 아무 재미가 없다. 강아지는 모든 수단을 동원해서 소가 화를 내도록 만든다. 그래서 더 크게 짖고, 더 빨리 뛰어 돌아가다가, 마침내는 고삐를 물어 낚아챈 후 꼬랑지를 물고 늘어진다. 그러면 소는 잔뜩 골이 나서 꼬리를 두르고, 발을 구르며, 머리로 받는 동작을 취한다. 그러나 강아지는 소보다 훨씬 더 영리하다. 강아지는 소가 좁은 외양간에서 몸을 자유롭게 쓸 수 없다는 사실을 알고 있으며, 아무리 받는다고 한들, 제가 더 민첩해서 얼른 피할 수 있음을 잘 알고 있다. 하루에도 몇 번씩 이런 일이 반복되다 보면 강아지가 발이나 꼬랑지를 소의 발에 밟히는 일도 있으며, 고삐에 매달렸다가 소의 이마에 받치는 경우도 간혹 있다. 그때는 강아지 역시 우는소리를 한다. 그러면 소는 갑자기 강아지가 가여운지 얼른 발을 들어 주고, 킁킁거리며 강아지의 냄새를 맡아준다.

그것을 보면 꼭 이렇게 말하는 것 같다.

'너를 죽이려고 그런 게 아니야.'

이렇게 한 번씩 크게 혼이 나면 강아지는 외양간에서 뛰어나와 소와 마주 보는 위치에 쭈그리고 앉아서 물끄러미 소를 바라본다. 그러나 밟히거나 받혀서 아픈 것이 나을만하면 또다시 장난을 하기 시작한다.

내가 소를 끌고 나가면 강아지도 따라온다. 또 소에게 풀을 뜯기면 고삐에 매달리거나 꼬랑지를 물고 늘어진다. 그중에도 소가 가장 화를 내는 일은 풀을 뜯고 있는 주둥이를 슬쩍슬쩍 스치며 왔다 갔다는 하는 것이다. 소는 이것도 몇 번은 참고 여전히 풀을 뜯지만, 강아지가 너무 성가시게 굴면 그만 눈이 뒤집히는 모양인지, 결국 훙 소리를 내며 강아지를 받고야 만다. 그러면 강아지는 재빨리 몸을 피하면서 뒤로 돌아가서 소 꼬리를 문 채 네 발로 버틴다.

'훙, 내가 너 따위한테 받힐 줄 알고.'

그때마다 소는 한숨을 한 번 쉬고는 곧 다시 풀을 뜯는다. 그 모습이 마치 좁은 외양간에서 만나자며 벼르는 것 같다.

우리 소와 강아지는 이렇게 벌써 석 달이나 함께 살았다. 그리 좋은 사이는 아니지만, 피차간에 정이 든 모양이다. 한 가지 걱정되는 것은 강아지는 유머를 알지만, 소는 그것을 모른다는 것이다.

셰퍼드와 포인터의 혼혈인가 싶은 우리 강아지가 황소를 놀림감으로 보는 것은 어쩌면 당연한 일이다. 오요는 젖을 뗀 지 며칠 지나지 않아 우리 집에 왔다. 그리고 그때부터 똥오줌을 잘 가릴 줄 알아, 항상 울타리 밖으로 나가서 똥오줌을 해결했다. 그런데 소는 벌써 여섯 살이나 먹은 어른이건만, 항상 선 자리에서 오줌을 누고 똥을 싸서 자리를 어지럽힌다. 그뿐만 아니라 그 위에 그대로 드러누워 커다란 볼기짝과 몸뚱이가 항상 똥투성이다. 코를 꿰어서 고삐에 메우고, 외양간에 갇힌 몸이니, 뒤를 보러 울타리 밖까지는 나가지 못하더라도 구석으로 꽁무니를 돌려댈 수는 있을 텐데, 그런 노력을 전혀 하려고 하지 않는다. 그러니 다섯 달 된 오요가 소를 못난이라고 업신여기고 놀리는 것을 두고 뭐라 할 수도 없는 노릇이다.

하지만 소의 편에서 보면 강아지란 하잘것없는 미물에 불과하다. 그러니 그것이 제 앞에서 버릇없는 행동을 하는 것 역시 괘씸하기 짝이 없는 일이다. 기운으로 보건, 용기로 보건, 소는 능히 호랑이와 싸워서 이기는 맹수다. 불행히 땅 껍데기(덩어리)의 변동으로 인해 독립된 생활을 하지 못하고 사람 집에 붙어서 사는 신세가 되었지만, 포로가 된 영웅일지언정 항복한 노예는 아니란 말이다. 코뚜레를 꿰인 것이 이를 증명한다. 천하의 소치고 코를 꿰이지 않고 사람의 비위를 맞추는 경우는 없다. 이런 소의 기개로 보건대, 주인을 보고 꼬리를 치고 멀쩡한 어금니를 두고도 사람의 손발을 곱게 핥는 강아지를 볼 때면 아니꼬움을 금치 못할 것이다.

소는 죽도록 일해서 사람을 벌어먹일 뿐만 아니라 죽어서도 피와 살을 사람에게 준다. 그러나 사람에게 항복해 귀여움을 받는 개는 어떤가. 결국 그 역시 올가미를 쓴 채 혀를 떼어 물지 않는가.

소를 가리켜 순하다고 하고, 어리석다고도 하며, 말을 안 듣는다고도 한다. 순하다는 것은 단념하고 참기 때문이다. 또한, 어리석은 것은 지혜를 쓸 곳이 없기 때문이다. 사실 '이랴', '어려려' 같은 사람의 말을 알아듣는 것만 해도 소에게는 수치다. 훼절(毀節, 절개나 지조를 깨뜨림)인 것이다. 그러나 그것은 최소한의 양보라고나 할까. 강아지처럼 주인의 집지기가 되고 노리개가 되는 그런 영리함은 소의 겨레가 취하지 않는 바다. 강아지는 미친 뒤에야 비로소 조상 시절의 자유와 위신과 용기를 발휘하지만, 소는 영원히 포로의 생활을 달게 받는다. 그러니 오줌을 어디서 싸거나 똥 위에 주저앉았거나 그런 것을 염두에 둘 바 아니다.

'개는 제 주인을 알아도, 소는 몰라본다고? 흥!'

이 말에 소는 코웃음을 칠 것이다. 일찍이 어느 사람에게도 충성을 맹세한 적이 없기 때문이다. 그러므로 사람이 호의를 보일 때도 굽실거리지 않고, 동시에 십 년 묵은 주인이라도 잘못하면 받아넘길 자유를 갖고 있다.

소는 불평가다. 특히 여름이면 더욱더 그렇다. 일은 고되고, 목은 멍에에 터지며, 등은 채찍에 붓기 일쑤다. 적이 한가하게 되어 개울가 풀밭 위에 누워 쉴 만하면 물것이 덤빈다. 생물치고 물지 않는 것이 없지만 아마 물것에 대한 단련을 가장 많이 하는 것이 소일 것이다. 적어도 사람의 눈에는 그렇게 보인다. 낮에는 등에(등엣과 곤충)와 파리에게 물어뜯기고, 밤이면 모기에게 물어뜯긴다. 여름날 소의 몸을 보라. 온통 두드러기 천지로, 이는 모두 물것에게 피를 빨린 자국이다. 또 사람으로 치면 이나 벼룩 같은 것이 털 하나에 하나씩 들어박혀서 가렵게 한다. 소가 그것을 막는 방법이라고는 꼬리와 목을 둘러서 몸에 붙은 것을 쫓는 것뿐이다. 그래도 가려우면 혀로 그곳을 핥는 것이 고작이다. 쫓으면 다시 오는 것을 다 쫓으려면 머리와 꼬리를 비행기 프로펠러 모양으로 눈에 보이지 않게 내어 둘러야 할 것이다. 하지만 이는 불가능한 일이니, 운명으로 돌리고 꾹 참을 수밖에. 그래서 눈에 수십 마리, 몸에 수백 마리 큰놈, 작은놈, 중간놈 파리가 붙어도 한숨만 내쉬며 새김질할 뿐이다.

'그래, 마음껏 뜯고 빨아라.'

호랑이나 사자라도 받아넘길 뿔과 기운이 있건만, 뿔과 발에도 걸리지 않는 파리떼와 모기떼를 어찌할 도리가 없다. 그래서 입정한 스님처럼 고개를 들어 멀리 지평선에 피어오르는 저녁 구름을 바라볼 뿐이다. 코뚜레와 파리, 모기, 등에가 없고, 부드러운 풀이 많은 개울가를 가진 극락을 원하면서. 그러나 그의 적들은 원한의 빚을 기어코 받아내고야 말겠다는 듯 찐득찐득하게 덤벼들고 파고든다. 마치 그에게 극락의 꿈을 한 순간도 허락하지 않겠다는 듯이.

밤이 될수록 이는 더욱 심해진다. 아프고 가렵게 하는 주둥이를 살에다 쏙쏙 박기 때문이다. 그러면 참다 참다 못해 벌떡 일어나 네 굽으로 땅을 차서 흙바람을 구름같이 일으키곤 한다. 그러고는 '땅아, 부서져라! 하늘아, 무너져라!'라며 눈을 부릅뜬 채 미친 듯이 몸을 들었다 놓는다. 거기에는 무서운 분노와 저주가 있다. 그러나 천지는 그가 반항하기에는 너무도 넓다. 이에 마음을 다시 가라앉혀 땅에서 돋는 풀을 뜯고, 인과의 사슬이 한마디 한마디 넘어가기를 기다릴 수밖에 없다.

그렇다고 소에게 부드러운 감정이 전혀 없는 것은 아니다. 병아리가 누운 등 위로 걸어 다닐 때, 소는 겁을 줘서 쫓지 않는다. 어린아이가 제 고삐를 끌고 갈 때 역시 버티고 서지 않는다. 또 암소를 볼 때 일어나는 애정은 말할 것도 없거니와 아직 굴레(말이나 소를 부리기 위해 머리와 목에서 고삐에 걸쳐 얽어매는 줄)도 쓰지 않은 송아지가 '음매' 하고 부를 때 역시 마찬가지다. 하지만 그 감정을 쏟을 곳도, 이용할 시간도 없다. 까마득한 옛날, 엄마 젖에서 떨어져 소 장수의 손에 들어가면서부터 고독한 생활을 이어왔기 때문이다. 그때부터 외양간에 누웠거나, 들에 나가서 풀을 뜯거나, 언

제나 혼자였다. 그러므로 만일 우레와 번개가 치고, 폭풍우가 날치는 날,
소가 개울가에 고개를 번쩍 들고 혼자 누워 있는 것을 본다면, 그것이 그
의 평생을 상징하는 대표적인 모습이라고 생각해도 좋을 것이다.

그는 수도자다. 그는 참는 바라밀(波羅蜜, 피안의 경지에 이르고자 하는 보살 수행
의 총칭)을 닦고 있다. 어쩌다가 인자한 사람을 만날 때 그는 자비의 설법
을 듣는다. 그 설법은 말이 아닌 행동을 통해 나온다. 가려운 데를 긁어 줄
때, 풀이 많은 곳으로 옮겨 매어줄 때, 땀을 흘리며 꼴짐을 지고 들어오는
이를 볼 때 그는 자비의 빛을 보고 몸과 마음이 느긋해진다. 이는 물것 등
쌀에 네 굽을 놓아 흙바람을 일으키거나 무지하게 때리고 사정없이 부려
먹는 주인을 받아넘길 때의 세계와는 너무도 다르다.

암소에게는 새끼를 떼는 슬픔이 있지만, 황소에게는 그런 것이 없다.
그러다 보니 새끼에게 젖을 빨리거나 몸을 핥아주는 즐거움은 없다.

한여름 일이 끝나면 가난한 주인은 대개 소를 팔아버린다. 그 결과, 육
칠 월이면 솟값이 뚝 내려간다.

짚으로 꼰 굴레에 허름한 고삐를 갈아매면 소는 제가 집을 떠나는 줄
안다. 이때 남자 주인이 돈만 생각하는 반면, 여주인과 아이들은 정든 소
를 떠나보내는 것을 매우 섭섭하게 생각한다. 그럴 때면 또 한 번 인정이
라는 것을 느껴서 마음이 느긋해진다. 하지만 다시 돌아볼 만큼 잊히지
않는 편안한 외양간이 그리 많을 리 없다. 그래서 주인이 끄는 대로 끌리
고, 모는 대로 몰려서 장으로 향한다. 어떤 집, 어떤 사람의 손에 넘어가는
고? 뚱뚱한 정육점 주인의 손에 팔려 간다면 앞날이 며칠 남지 않은 것이

요, 농가로 간다면 김장밭, 보리밭을 갈기 시작할 날이 또 며칠 안 남았음을 의미한다.

'어딘들 가면 대수냐.'

팔려가는 소는 앞 고개를 넘어간다. 이 동네에 들어오던 때와 다른 것이 있다면 나이를 한 살 더 먹은 것뿐이다. 맨몸으로 왔다가 맨몸으로 나간다. 아마 다시 이 동네나 이 주인의 손에 돌아올 기약은 없을 것이다.

쌍둥이 할아버지는 언제나 일터에 나갈 때면 테 없는 헌 밀짚모자를 쓴다. 비가 오나, 볕이 나나 늘 그 모자다. 생긴 모양을 보건대, 전쟁 전에 만들어진 것이 분명하다. 그래서 먼 곳에서도 그를 쉽게 알아볼 수 있다.

그는 수염이 노란 반면, 피부는 까맣다. 또 술을 좋아하지만 절대 주정하는 법은 없다. 자수성가해서 올해도 논과 밭을 샀지만, 이웃 사이에서는 인색하고 우유부단하다는 평을 듣는다.

박 생원은 일하러 다닐 때 테 없는 중절모를 눌러 쓴다. 이른 봄부터 늦은 가을까지 항상 똑같은 차림이다. 뙤약볕에서 일할 때도 그의 머리에는 이 테 없는 중절모가 씌어 있다. 아마 여름에 쓰려고 겨울 동안에는 이 모자를 고이 모셔두는 듯하다.

그는 술은 입에도 대지 않지만, 담배는 매우 좋아한다. 특이한 점은 땔나무를 할 때 푸른 가지는 건드리지 않는다는 것이다. 그래서인지 이웃 사이에서 착한 노인으로 소문나 있다. 마치 가난해지고 싶어서 가난한 사람처럼 욕심이 없기 때문이다. 그렇다고 해서 근심이 많은 것도 아니다. 근심 역시 없다. 언제나 벙글벙글 웃는 낯이다.

"그렇게 착한 사람이 왜 못 살까?"

사람들은 박 생원의 형편을 애석해하는 한편, "착한 사람에게 복이 온다."라는 성인의 가르침을 의심하는 근거로 그를 첫손에 꼽는 걸 주저하지 않는다. '못 산다'는 것은 '잘 산다'의 반대로 가난하다는 말이기 때문이다.

'재봉이'는 서양 여자의 겨울 모자 같은 모자를 쓰고 다닌다. 그는 아직 서른이 채 안 된 청년이다. 떡 벌어진 어깨에, 제 손으로 직접 만들었다는 지게를 지고, 한쪽 손에 작대기를 비스듬히 끼고 벙글벙글 웃는 것이 과히 청춘의 상징인 힘의 화신이라고 부를 만하다. 그러고 보면 머리에 얹은 서양 부인 모자 역시 용사의 투구처럼 퍽 어울린다.

그는 무슨 일이나 다 잘하며, 세 사람 몫은 충분히 해낸다. 자갈을 채판에 퍼 담는 일을 할 때는 아무리 힘센 사람도 삼백 원을 벌면 많이 번다는데, 그는 오백 원을 벌고도 석양에 목청 좋은 소리를 길게 뽑았다. 그때부터 어디서 목청 좋은 소리가 들리거든 보지도 말고, 묻지도 말고 재봉인 줄 알라는 말이 나돌기 시작했다.

그에게는 아내와 딸이 있다. 옹솥(작고 오목한 솥) 하나, 사발 둘, 숟가락 두 개로 세간을 난 그는 삼 년만인 올해 땅 오백 평을 샀다. 하지만 그에게는 아직도 많이 부족한 모양이다. 이런 소리를 하면서 웃는 걸 보면 말이다.

"작년에 병으로 수술만 안 했어도 밭 천 평은 샀을 텐데."

임 생원은 무릎이 나간 양복바지를 입고 소고삐를 끈다. 그는 오늘도 파나마(여름 모자의 한 종류)를 쓰고, 비를 맞으며, 소에게 풀을 뜯겼다.

그는 발만 벗고, 비만 맞으면, 누구나 농부가 되는 줄 안다. 그래서인지 도시에서 쫓겨나 생전 해본 적 없는 농사를 짓기 위해 망계(妄計, 분수없는 그릇된 꾀와 방법)를 내기도 했다. 하지만 소에게 하는 말도 아직 배우지 못했다.

"앗! 아, 안돼!"

그래서 아직도 이 모양으로 사람 말을 하며 소고삐에 매달리곤 한다. 그때마다 소는 한 입 물어뜯은 콩잎을 물고 모가지를 길게 뺀 채 턱을 치켜든다. "소가 웃는다."라는 말은 아마 이를 두고 하는 말인 듯하다. 마치 소가 그에게 "너나 나나 참 딱한 신세다."라고 하는 것만 같다.

하루는 덕관이 할아버지라는 노인이 흙 묻은 점퍼를 무릎까지 걷어 올린 채 나를 찾아왔다. 모자를 쓰는 대신 짧게 깎은 머리가 덥수룩하게 자라서 마치 어린아이 같았다. 인사를 하고 보니, 그가 바로 우리 논에 봇물을 대고 돌아서면 제 논으로 물꼬를 바꾸던 그 늙은이였다. 때마침 그의 논에는 어젯밤 밤새도록 물을 대고 난 뒤였다.

"내 논에 먼저 대고, 다음에 당신 논에 대면 서로 좋을 것 아니요?"

내가 물을 따돌리는 것을 가만두지 않았다며 승강이를 하러 온 것이다. 노인이 완장을 차고 마루 끝에 올라앉아 따지는 품이 매우 불온해 보였다.

"뭐, 지난 일이야 별수 있소? 내년부터는 먼저 실컷 물을 대신 뒤에 내 논에 돌려주시구려."

결국, 나는 이렇게 말하고 말았다. 시비를 따져봐야 쓸모없을 것이란 생각이 들었기 때문이다.

그러자 노인은 입을 딱 벌리고 한참이나 멍하니 앉아 있었다. 내 입에서 나온 말이 하도 의외여서 믿기지 않는 모양이었다. 그래서 나는 똑같은 말을 다시 한번 되풀이했다.

노인은 그제야 알아들었다는 듯 벌떡 일어났다. 그리고 나를 끌다시피하며 이렇게 말했다.

"우리 함께 갑시다. 내가 술 한 잔 꼭 대접해야겠소. 만나보니, 좋은 양반이로구먼. 자, 갑시다."

그렇게 해서 이 동네에 온 후 처음으로 술집에 가서 노인으로부터 막걸리 대접을 받았다. 노인은 거나해져서 신세타령까지 했다. 아들 하나는 서울 어느 회사에 고원(雇員, 회사나 관청에서 사무를 돕기 위해 두는 임시 직원)으로 있으며, 손자는 좌익 투사라고 했다. 자신은 사무한신(事無閑身, 별로 일이 없는 한가한 사람)으로 술이나 먹고 다니면 그만이라고 했다. 하지만 이 늙은이가 노는 때는 결코 없었다. 시간이 날 때마다 가래질(가래로 흙을 파헤치거나 옮기는 일)을 하거나 끊임없이 일했다. 특히 가물 때 물싸움에서만큼은 누구에게도 지지 않는 맹장이었다.

"논 이웃도 이웃이니, 우리 사이좋게 지냅시다."

자리에서 막 일어서려는 나를 향해 그가 말했다.

'평화는 내가 지는 데서 온다.'

나는 집으로 돌아오는 길에 그렇게 생각하며 웃고 말았다.

'그래, 지고 살자.'

이것이야말로 훌륭한 인생관이 아니고 뭐겠는가. 아내가 들으면 또 못난 소리 한다며 펄쩍 뛰겠지만.

정해 칠월 십칠일, 사릉에서

__**1947년**

방정환

한국 최초의 순수 아동잡지 《어린이》의 창간하고, 1921년 '어린이'라는 단어를 공식화하며, 1923년 5월 1일 한국 최초의 어린이날을 만들었다. 이후 '세계아동예술전람회'와 '구연동화회'를 만드는 등 아동문학가 및 사회운동가로 활동했다. 주요 작품으로 《사랑의 선물》과 사후에 발간된 《소파전집》 등이 있다.

정지용

시 〈향수〉, 〈유리창〉과 같은 서정성 짙은 시로 잘 알려진 시인. 참신한 이미지와 절제된 시어로 한국 현대시의 새로운 시대를 개척했으며, 박용철, 김영랑 등과 함께 '시문학파'를 결성해 활동하기도 했다. 주요 작품으로 시집 《정지용 시집》과 《백록담》을 비롯해 산문집 《문학독본》, 《산문》 등이 있다.

채만식

민족이 처한 현실을 풍자적이고 해학적으로 표현해 풍자소설의 대가로 불린다. 계급적 관념의 현실 인식 감각과 전래의 구전문학 형식을 오늘에 되살리는 특유한 진술 형식을 창조했다. 주요 작품으로 단편 〈레디메이드 인생〉과 〈태평천하〉를 비롯해 장편 《탁류》 등이 있다.

백 석

19세의 나이로 《조선일보》에 단편소설 〈그 모(母)와 아들〉을 발표하면서 문단에 데뷔하였다. 방언을 즐겨 쓰면서도 모더니즘을 발전적으로 수용한 시를 주로 발표하였다. 지방적·민속적인 것에 집착하며 특이한 경지를 개척하는 데 성공했다. 주요 작품으로 시집 《사슴》, 《고향》 등이 있다.

이 상

현대 문학을 논할 때 결코 빼놓을 수 없는 시인이자, 소설가, 수필가, 모더니즘 운동의 기수. 건축가로 일하면서 수많은 작품을 발표하였으며, 전위적이고 해체적인 글쓰기로 한국 모더니즘 문학사를 개척하였다. 주요 작품으로 소설 〈날개〉를 비롯해 시 〈거울〉, 〈오감도〉 등 수많은 작품이 있다.

최서해

신경향파의 대표적 소설가. 몇 명의 엘리트의 눈으로 바라본 일부의 삶이 아닌 실제 체험을 통한 대다수 극빈층의 생활상을 날카롭게 표현해 그들의 울분과 서러움을 적나라하게 드러내고 있다. 이에 그의 문학을 '체험문학', '빈궁문학'이라고 일컫는다. 주요 작품으로 〈탈출기〉, 〈홍염〉 등이 있다.

계용묵

단편 〈상환〉을 《조선문단》에 발표하면서 문단에 등장했다. 〈최서방〉, 〈인두지주〉 등 현실적이고 경향적인 작품을 발표했으나 이후 약 10여 년 간 절필하였다. 《조선문단》에 인간의 애욕과 물욕을 그린 〈백치 아다다〉를 발표하면서부터 순수문학을 지향하는 일관된 작품 경향을 유지했다.

김상용

《남으로 창을 내겠소》로 잘 알려진 시인. 8·15 광복 후 미 군정에 의해 강원도 도지사에 임명되었으나 며칠 만에 사임하고 이화여자대학교 교수로 복귀 후 미국으로 건너가 보스턴대학에서 영문학을 연구하고 돌아왔다. 주요 작품으로 〈그러나 거문고의 줄은 없고나〉, 〈남으로 창을 내겠소〉 등이 있다.

김남천

카프 해소파의 주도적 역할을 하였고 사회주의 리얼리즘 논쟁에 대해서 러시아의 현실과는 다른 한국의 특수상황에 대한 고찰을 꾀해 모럴론·고발문학론·관찰문학론 및 발자크 문학연구에까지 이르는 일련의 '리얼리즘론'을 전개하였다. 대표작으로 장편 〈대하〉, 중편 〈맥〉 등이 있다.

이효석

근대 한국 순수문학을 대표하는 소설가. 1928년 《조선지광》에 단편 〈도시와 유령〉을 발표하면서 등단하였다. 한국 단편문학의 전형적인 수작이라고 할 수 있는 〈메밀꽃 필 무렵〉을 썼다. 장편 〈화분〉 등을 통해 성(性) 본능과 개방을 추구한 새로운 작품 및 서구적인 분위기를 풍기는 작품으로 주목받았다.

노천명

이화여전 재학 중 시 〈밤의 찬미〉, 〈포구의 밤〉 등을 발표하였고, 그 후 〈눈 오는 밤〉, 〈사슴처럼〉, 〈망향〉 등 주로 애틋한 향수를 노래한 시를 발표하였다. 널리 애송된 대표작 〈사슴〉으로 인해 '사슴의 시인'으로 불린다. 주요 작품으로 시집 《산호림》과 《별을 쳐다보며》, 수필집 《산딸기》 등이 있다.

이태준

근대를 대표하는 단편소설 작가. 특히 단편소설의 서정성을 높여 예술적 완성도와 깊이를 높였다는 평가를 받고 있다. 구인회에 가담하였고, 이화여전 강사와 《조선중앙일보》 학예부장 등을 역임하였다. 주요 작품으로 수필집 《무서록》과 문장론 《문장강화》 및 다수의 소설이 있다.

현진건

김동인, 염상섭과 함께 사실주의적 단편소설의 모형을 확립한 작가로, 사실주의 문학의 개척자로 평가받고 있다. 특히 아이러니한 수법에 의해 현실을 고발하고 역사소설을 통해 민족혼을 표현하고자 했다. 〈빈처〉로 인정받기 시작했으며 〈백조〉, 〈타락자〉, 〈운수 좋은 날〉, 〈불〉 등을 발표하였다.

노자영

《백조》 창간 동인으로서 작품활동을 시작하였고, 잡지 《신인문학》을 창간해 후진 양성에도 힘썼다. 특히 시와 수필에 있어서 소녀적인 센티멘털리즘으로 일관하여 자신의 시에 '수필시'라는 특이한 명칭을 붙이기도 하였다. 주요 작품으로 시집 《처녀의 화환》을 비롯해 서간집 《나의 화환》 등이 있다.

강경애

1931년 잡지 《혜성》에 장편 《어머니와 딸》을 발표하면서 등단하였다. 특히 1934년 《동아일보》에 연재한 《인간문제》는 노동자의 삶을 예리하게 파헤쳐 근대소설사에서 빼놓을 수 없는 작품으로 평가받고 있다. 주요 작품으로 단편 〈지하촌〉, 〈채전〉 및 장편 〈소금〉, 《인간문제》 등이 있다.

이광수

한국 근대 정신사 전개과정에서 중요한 역할을 했으며, 최초의 근대 장편소설 《무정》을 썼다. 1919년 '2·8 독립선언서'를 기초하고 상하이로 탈출, 임시정부 기관지인 《독립신문》의 주간으로 활동했지만, 친일 행위로 인해 그 빛이 바래고 말았다. 주요 작품으로 〈흙〉, 〈유정〉, 〈단종애사〉 등이 있다.

녀름입니다, 녀름

초판 1쇄 인쇄 2017년 7월 21일
초판 1쇄 발행 2017년 7월 28일

엮은이 임현영
발행인 임채성
디자인 산타클로스

펴낸곳 도서출판 루이앤휴잇
주 소 서울시 양천구 목동 923-14 드림타워 제10층 1010호
전 화 070-4121-6304   **팩 스** 02)332-6306
메 일 pacemaker386@gmail.com
블로그 http://blog.naver.com/asra21
포스트 http://post.naver.com/my.nhn?memberNo=6626924

출판등록 2011년 8월 30일(신고번호 제313-2011-244호)

종이책 ISBN 979-11-86273-37-1   03810
전자책 ISBN 979-11-86273-38-8   05810